Par

Patrice Sinave

Dépôt légal - Bibliothèque et Archives nationales du Québec, 2018

ISBN : 978-2-9814470-5-0

AVERTISSEMENT

Ceci est un roman et seulement un roman.
Même si certains personnages sont
inspirés d'individus existants, les actions
de ceux-ci dans cette fiction ne relèvent
que de l'imagination de l'auteur et
n'engagent en rien les personnages réels.

À mon grand-père, Camille Sinave, qui combattit les Allemands dans les tranchées de l'Yser, près d'Ypres, en Belgique, durant la Première Guerre mondiale.

À mon père, André Sinave, qui fut otage des Allemands à la citadelle de Huy en Belgique, là où tous les jours des otages étaient fusillés durant la Seconde Guerre mondiale.

À l'Union européenne, qui fit qu'à l'âge où mon grand-père et mon père étaient en guerre, moi, Patrice Sinave, fils d'André et petit-fils de Camille, j'étais ... à l'Université!

Prologue

Le terme « Eureka » (eurêka) est une interjection dont le sens signifie la joie d'avoir trouvé LA Solution.

Mais quelle solution???

La solution pour l'avenir du Québec?

La solution pour l'avenir du Canada?

Une solution périlleuse pour les États-Unis ?

La solution pour que l'Union européenne devienne enfin une puissance crédible?

Une solution potentielle aussi pour des pays comme la Nouvelle-Zélande, l'Australie, le Chili, l'Argentine ou le Brésil?

Ou plutôt un énorme problème pour la Chine?

Aucune de ces solutions?

Toutes ces solutions?

Et si, en fait, cette solution ne s'écrivait
Eureka que par facilité de langage, mais
qu'en réalité, son orthographe correcte
était plutôt Eureca?

JE ME SOUVIENS

DEVISE DU QUÉBEC

Chapitre 1: Rumeur

Elle courait depuis un certain temps, surtout au Québec évidemment, mais même au Canada, et au début, personne ne lui prêta attention, mais elle revenait et revenait sans cesse!

Eh oui, «ils» allaient remettre ça!

Au début évidemment, cette nouvelle avait été accueillie avec énormément de scepticisme, mais plus le temps allait et plus elle s'amplifiait. La plupart des gens ne comprenaient pas pourquoi, justement maintenant, ils revenaient avec ça! Rien de particulier ne s'était passé qui puisse justifier de remettre à jour cette option, qui était pour beaucoup, dépassée. De plus, la situation du Québec, économiquement du moins, était bonne, alors pourquoi maintenant?

Puis quelqu'un trouva une explication.

Personne dans le monde journalistique n'y crut.

-   C'est une blague non? avait même
    dit un célèbre journaliste de Radio-
    Canada sur les ondes.

C'est alors qu'un journaliste essaya de
voir si oui ou non cette nouvelle approche
pourrait réellement changer la donne et fit
un mini sondage autour de lui. Étonné par
le résultat, il convainquit son patron de
débloquer un peu d'argent pour faire une
réelle enquête d'opinion avec un petit
groupe de gens seulement, bien sûr, mais
dans toutes les couches de la société
québécoise, aussi bien à Montréal qu'en
régions.

Et les résultats confirmèrent entièrement
ce que son sondage maison lui avait dit:
avec un tel argument, ils avaient vraiment
une chance de gagner !

-   Merde, se dit-il, ils vont remettre ça!
    Un troisième référendum sur
    l'indépendance du Québec! Merde,
    merde et re-merde, ne put s'empêcher
    de dire le journaliste, et cette fois, ILS
    VONT GAGNER!

6 mois plus tôt

Chapitre 2: Là où tout commence.

Frédéric Goyer était un émigrant que l'on pourrait qualifier de typique! Français d'origine, il rêvait de la France quand il était au Québec et du Québec quand il était en France!

Bref, il avait appris à être bien partout, mais en réalité, il n'était vraiment bien nulle part. L'idéal eut été un pays comprenant tout ce qu'il y avait de bien en France, comme la culture, des villes formidables comme Paris ainsi que l'ouverture des gens du Québec et leur efficacité. L'impossible quoi!

Pourtant, il était loin d'être malheureux et était même très satisfait de son travail et de sa vie ici à Montréal!

Professeur à l'école des Hautes Études Commerciales de Montréal (HEC), il aimait beaucoup sa profession qui, en plus de lui donner quand même pas mal de temps libre, lui permettait de voyager de congrès en congrès, de par le monde.

Comme la session d'été était sur le point de se terminer, il décida de prendre ses heures de cours beaucoup plus relax que d'habitude et voulut tester les véritables compétences de ses étudiants dans la vie réelle. Pour ce faire, il avait concocté un petit scénario collé avec la réalité du monde de l'industrie.

-   Voici donc le scénario que je vous ai imaginé, dit-il cet après-midi-là à ses étudiants du MBA. Une entreprise est en difficulté financière et le grand patron convoque son responsable de la gestion du personnel et lui demande de faire des coupes à hauteur de 20 % de la force de travail. Dans cet exercice, je ne vous demande pas ce que vous feriez, mais bien ce qui risque de se passer dans

la réalité. Vous devez savoir que l'on
peut dire sans se tromper que, quel
que soit l'endroit où vous travaillez,
environ 20% du personnel est très
performant, 60% oscille entre
performances et faire ce qu'on lui
demande et 20% est carrément à la
limite de l'incompétence. Il s'agit ici
de personnes qui arrivent
pratiquement toujours en retard le
matin, qui en font le minimum et qui
sont de mauvaise humeur dès qu'on
leur demande quelque chose... bref le
genre de type qui passe des heures
sur internet plutôt que de bosser.
Vous connaissez tous ce genre
d'individus.

La première question est donc: qui
sera renvoyé et pourquoi? Attention
je ne vous demande pas votre
opinion, mais bien ce qui va très
probablement se passer.

----- !

- Oui, Mademoiselle?»

- Je crois que la question est facile, le directeur du personnel demandera à ses responsables de secteur de lui fournir la liste des incompétents et se basera sur elle pour faire les coupures requises!»

- Désolé, mais c'est inexact. Je vous demande ce qui va se passer et non ce qui devrait se passer. Oui, Monsieur… une autre opinion?

- Oui, professeur. En réalité, ce qui va se passer c'est que ceux qui seront remerciés feront probablement partie des 20% les plus performants!

- Vraiment? Cela me semble illogique. Alors pourquoi?

- Comme vous l'avez demandé, je me base sur la réalité et la raison pour laquelle ce seront les plus performants qui partiront est que ce sont aussi les plus turbulents, les plus dérangeants... ceux qui ont tendance à remettre en question leurs supérieurs et qui donc, leur font peur, surtout en période de crise.

- Ce qui explique pourquoi la compagnie va probablement aller encore plus mal! Très bien! Monsieur...?

- Dubois, Jacques Dubois!

- Mais alors que faudrait-il faire? Renvoyer les plus mauvais??

- En partie, mais en fait la seule réelle solution serait de fermer tout un département, depuis le directeur jusqu'à la secrétaire et de distribuer les tâches vitales sur les autres sections de la société... sinon ce qui risque de se produire c'est que beaucoup de commis vont perdre leur place alors que les gros salaires, eux, se maintiendront, ce qui n'arrangera pas vraiment les finances de la compagnie.

- Eh oui, vous avez parfaitement raison, c'est la seule façon! Déprimante, mais réelle. Mais il y a aussi le problème inverse, à savoir une compagnie qui doit augmenter son personnel mais qui redoute que le processus de dotation habituelle ne fasse que favoriser les petits amis des responsables plutôt que ceux qui seraient peut-être difficiles à gérer quoique plus performants.

- Alors que faire? Laisser chaque département gérer ses compétitions à l'embauche? demanda un étudiant.

- Pas forcément, et ce sera à vous de combattre les effets pervers du copinage en industrie. Il y a parfois des solutions originales. Par exemple cette société … Italienne … je crois, qui en voulant justement éviter le copinage ouvrit les postes à tout le personnel qui présentait, du moins sur papier, les compétences requises quel que soit leur dossier, puis effectua un choix au hasard!

- Mon Dieu, ça a dû être un désastre!

- Et bien justement non, la compagnie enregistra une très nette augmentation de la performance de ses employés et se promit de continuer cette approche dans le futur! Comme quoi, quand on le veut vraiment, il y a toujours une solution à un problème donné, à condition évidemment de savoir sortir des sentiers battus!

Le professeur fit une pause puis reprit.

-   Voilà qui conclut le cours et je vous
    rappelle que l'examen final aura lieu
    la semaine prochaine. Je vous
    souhaite à tous un bon succès dans
    celui-ci ainsi que dans vos carrières
    futures. Au revoir et à la semaine
    prochaine!

«Voilà quelque chose de terminé, se dit
satisfait, le professeur Goyer, mais il est
pratiquement 18:00h et je commence à
avoir faim et je n'ai pas envie de retourner
à l'appartement, il est trop vide avec
madame et les gosses en vacance en
France»

Le fait de penser à cela lui amena à
l'esprit que dans deux semaines ce serait
son tour de partir, après avoir remis les
copies corrigées de ses étudiants à la
faculté, mais en attendant, il avait toujours

faim et vraiment pas envie de retrouver la solitude de l'appartement.

« Va pour une bonne pizza quatre fromages sur Le Chemin de la Côte-Sainte-Catherine!»
Aussitôt pensé et aussitôt fait. Et voilà notre brave professeur attablé dans ce bon vieux restaurant «Chez Blanche Neige» rempli, comme il se doit, d'étudiants de l'Université de Montréal, dont justement l'un des siens, le dénommé Jacques Dubois, qui, l'apercevant, se dirigea vers lui.

- Une petite faim professeur?

- Exact, vous êtes seul?

- Oui, je suis de Québec et ne suis ici que pour vos cours, je remonte dans la capitale demain matin.

- Joignez-vous à moi alors, mais à condition que vous ne me questionniez

pas sur l'examen de la semaine
prochaine!

- Avec plaisir professeur et non, je ne
  vous questionnerai pas sur l'examen,
  mais j'aurais néanmoins des
  questions pour vous.

Le jeune homme s'installa à la table de
son professeur qui sirotait une bière en
attendant que sa pizza lui soit servie.
Son élève commanda lui aussi une pizza
et les deux hommes parlèrent de choses
et d'autres, bien évidemment, orientées
sur le cours du professeur.

- Ainsi vous avez aimé le cours?

- Oui, professeur, en fait beaucoup, car
  vous avez à la fois une façon
  traditionnelle de couvrir votre
  matière, mais aussi une façon moins
  traditionnelle, plus terre à terre si je
  puis m'exprimer ainsi... comme
  l'échange que nous avons eu cet
  après-midi où vous n'avez pas hésité
  à relater des choses carrément

iconoclastes comme cette façon de tirer au sort celui qui va gagner la compétition dans cette compagnie!

- C'est vrai, mais cela ne veut pas dire que la façon traditionnelle est nécessairement mauvaise mais parfois, quand celle-ci ne donne pas les résultats escomptés, il faut savoir envisager autre chose!

- Vous avez aussi terminé votre exposé en disant «Qu'il y a toujours une solution à un problème donné, à condition évidemment de savoir sortir des sentiers battus».

- C'est vrai en général et ça, ma vie dans le domaine de la gestion me l'a montré à de nombreuses reprises.

- Heu, je vous crois, mais parfois il y a des situations vraiment désespérées, non?

- Comme quoi?

- Voyons voir … une situation
  vraiment difficile, heu laissez-moi y
  penser … heu votre approche
  s'applique-t-elle aussi au domaine
  politique?

- Normalement, les principes de
  gestion sont valables pour toutes
  activités humaines.

- Bon, laissez-moi alors réfléchir à une
  question politique intéressante! Ah!
  Je pense à quelque chose qui pourrait
  peut-être s'appliquer. Le parti
  québécois et son option
  indépendantiste!!

- Et c'est quoi la question?

- Étant donné que vous pensez qu'il y
  a toujours une solution à tout
  problème, imaginons que vous êtes le
  chef du parti québécois et que vous
  vouliez que les Québécois votent
  positivement à un éventuel
  référendum sur l'indépendance. Que
  feriez-vous, ou plutôt, que

proposeriez-vous pour les
convaincre?

Le professeur Frédéric Goyer se sentit
tout à coup très mal à l'aise mais le
challenge de son étudiant était là et il ne
voulut pas perdre la face devant lui.
Alors il se mit à réfléchir intensément.

-   Bon, c'est effectivement un problème
    délicat... la Province va plutôt bien et
    il n'y a pas de problème majeur à
    l'horizon avec le Fédéral et surtout
    les jeunes sont plutôt
    internationalistes maintenant, donc
    … donc, pensa tout haut le
    professeur… j'y suis. Voici ce que je
    proposerais aux Québécois.

Le professeur prit une grande respiration
puis développa son idée au jeune
homme devant lui.

Celui-ci fut d'abord surpris, puis, après
mûre réflexion lui déclara:

-   Professeur vous êtes un génie!

Le professeur Goyer eut tout à coup
l'impression qu'il venait de perdre une
bonne occasion de se taire.

Chapitre 3: Amour et fantaisie

Edward White, lui, n'était pas un
américain typique, tant s'en faut! La
trentaine, informaticien particulièrement
talentueux, il avait aussi une ouverture
d'esprit singulièrement rare chez les
Américains en ces temps de «Tea party»
et de paranoïa défensive, où les
accusations d'antiaméricanisme fusaient
de toutes parts dès que quelqu'un avait
une vision ou une idée qui ne
correspondait pas à la pensée majoritaire.

Fils unique d'un colonel des marines et
malgré une influence paternelle très
conservatrice, il avait réussi à se ménager
un espace de liberté, que son père avait
finalement accepté, ce qui lui avait permis
d'étudier dans divers lycées français des
États-Unis dont en particulier le LFNY,
le Lycée français de New York à l'Europe
où son père était posté à l'«US Marine

Corps Reserve Center» de la grosse
pomme.

Edward parlait donc un français
irréprochable et avait souvent signalé son
admiration pour la culture française, de
même, d'ailleurs, que celle de beaucoup
d'autres pays.

Durant ses temps libres, il lisait
abondamment de revues et de livres
français, mais aussi québécois et signe de
son ouverture aux autres, il avait même
commencé à étudier l'Espagnol et horreur
suprême, le Russe!

Donc, il n'y avait rien d'étonnant à ce
qu'il choisisse une ville francophone pour
y passer ses vacances!

Son travail extrêmement prenant, proche
de Washington D C, ne lui permettait pas
de s'en éloigner beaucoup.

Et c'est ainsi que, par une belle après-midi de juillet, Edward White marchait parmi la foule qui se pressait sur la rue St-Catherine à Montréal!

Se promeneit également, par cette belle après-midi, Olivia Larocque, Québécoise, hôtesse de l'air chez Air Canada, mais aussi étudiante à temps partiel à l'Université de Montréal, en science politique, 27 ans... une jeune femme magnifique au teint légèrement mat, aux yeux marron, imperceptiblement bridés, que ses amis appelaient Cléopâtre, tellement elle était belle, belle à faire damner même un dieu grec!

Elle avait fait partie de l'équipage du vol Air Canada AC4595 en provenance de Washington Dulles et n'avait pas pu faire autrement que de repérer ce passager américain, beau justement, comme un dieu grec et qui lui avait envoyé un regard des plus flatteurs.

Et voilà qu'elle venait, littéralement, de
«tomber sur lui», ici à Montréal! Et
tomber n'était pas une exagération, car la
surprise de reconnaître son passager lui
avait fait accrocher son talon dans un petit
trou du trottoir, ce qui l'avait fait plonger
en avant pratiquement dans les bras du bel
inconnu!

Celui-ci avait bien tenté de la rattraper,
mais malheureusement ou heureusement
selon le point de vue que l'on veuille
adopter, elle se blessa aux genoux en
heurtant le trottoir. Galant, Edgard White
lui offrit de la raccompagner jusqu'à son
hôtel, le Marriott Château Champlain, qui
se trouvait non loin de là, pour pouvoir
soigner rapidement cette blessure qui
saignait un peu.

Elle était belle à damner un dieu grec et
lui, justement, beau comme un dieu grec,
alors…

Alors il s'en suivit rapidement un verre au
bar puis un souper au restaurant.
Il lui demanda de choisir l'endroit et
comme il voulait être surpris, elle
l'emmena «Au pied de cochon»sur la rue
Duluth, où ils prirent la fameuse Poutine
au foie gras, bien arrosée évidemment,
d'une délicieuse Côte de Nuits Villages.

Non, ils ne firent pas l'amour après …
enfin pas ce soir-là!

Edgard voulait connaître Montréal. Il
était en ville pour les trois prochaines
semaines et cela tombait bien car Olivia
avait beaucoup de temps libre à récupérer
suite aux nombreuses heures
supplémentaires effectuées ces derniers
temps .

Il parlait un français remarquable, était
extrêmement séduisant et d'une
intelligence vive.

Elle était pétillante comme un bon champagne et dotée elle aussi d'une intelligence remarquable en sus d'une beauté à couper le souffle... mais aussi extrêmement politisée et fortement engagée dans la cause de l'indépendance du Québec!

Il sut immédiatement qu'il venait d'entrer dans la zone de tous les dangers, seulement voilà, pour lui c'était déjà trop tard, même s'il croyait encore pouvoir contrôler les événements.

Cupidon l'avait harponné, il était condamné!

Chapitre 4: Et pourquoi pas un peu de politiques?

- Monsieur Dubois, quel bon vent vous amène? Je vous croyais en train d'étudier ferme en cette veille d'examen final de votre MBA?

- Justement, Monsieur Lesterade, je n'oublie pas que je suis aussi un de vos conseillers et même, si j'ose m'exprimer ainsi, l'un de vos meilleurs!

- Holà, jeune homme, vous êtes certainement brillant et plein d'avenir, mais il vous reste quand même encore certaines preuves à passer ici au Parti Québécois, ne croyez-vous pas?

- Justement, Monsieur Lesterade, vous êtes notre leader et chacun sait que l'article premier de notre charte ainsi que la raison d'être de notre parti sont quand même l'indépendance du Québec!

- Merci de me le rappeler mais comme vous le savez, nos concitoyens attendent plutôt de nous de les débarrasser du Parti libéral et de leur offrir un bon gouvernement que de leur offrir l'indépendance! La question de l'indépendance passe donc un peu au second plan pour le moment, comme ma course au leadership vous l'a certainement fait remarquer. Mais cela est à mon corps défendant évidemment!

- Et si, Monsieur, je vous amenais une idée qui pourrait non seulement permettre de chasser les libéraux, mais aussi de donner VRAIMENT une chance à notre option d'indépendance du Québec?

- Vraiment? Une idée miraculeuse vous serait venue comme ça? Une idée que des centaines de gens recherchent depuis des années sans jamais la trouver? Et vous, comme ça, tout en étudiant les affaires, vous l'auriez trouvée? ironisa le chef du parti québécois.

- J'avoue qu'un de mes professeurs, le Dr Frédéric Goyer, y a fortement contribué!

- Le Dr Goyer? Je le connais, un homme remarquable! Il vous a parlé du Parti Québécois? Je le croyais plutôt pro canadien, non?

- Heu, oui, mais je l'ai un peu «challengé». Et il n'a pas pu résister à ma question de savoir ce qu'il ferait s'il était responsable du Parti et qu'il devait proposer une nouvelle option

pour soutenir l'idée de
l'indépendance.

- Savait-il que vous faites partie du
  PQ?

- Non, évidemment!

- Et cette idée, c'est quoi au juste?

Et le jeune homme se lança et expliqua à
son chef l'idée du professeur Goyer.

Au début, Monsieur Lesterade se montra
sceptique, quoique passablement étonné.
Il n'avait pas envisagé cette possibilité.
Puis, en y repensant, elle commença à le
séduire. Il en parla à d'autres conseillers
de son entourage sous le sceau du secret le
plus absolu évidemment, car il allait
falloir surprendre les Libéraux.

Étonnamment, beaucoup apprécièrent
l'idée.

Et le dénommé Dubois monta en grade et fut chargé de préparer dans le plus grand secret, un plan de consultation sur cette question, d'abord chez les gens du parti puis chez différents sympathisants de leur cause, aussi bien aux États-Unis qu'en Europe.

Et la réponse fut vraiment surprenante et même enthousiaste!

Au point que les libéraux finirent par découvrir que quelque chose d'énorme se préparait au PQ.

Mais ils ne savaient pas quoi et chose plus étonnante encore, personne n'en parlait... absolument personne.

Alors ils commencèrent vraiment à s'inquiéter.

Et ils avaient raison !

Chapitre 5: Ah l'amour, toujours l'amour!

La discussion était on ne peut plus chaude dans ce petit restaurant sympa de la rue Saint-Denis, appelé « Le Hachoir ».

Edward White mangeait avec un air de dégoût et, paradoxalement, de plaisir, un de ces plats qui ferait frémir d'horreur tout américain de souche : un steak tartare!

Olivia, elle, dégustait une bonne vieille bavette grillée - sauce au poivre, légumes du jour & pomme de terre aligot- .

Quant à son frère, Philippe, lorsqu'il était à Montréal, il ne pouvait faire l'impasse sur une «vraie» poutine!

Et ils s'engueulaient copieusement!

Pas Edward et Olivia, non...mais Philippe et Olivia, ce qui faisait bien rire Edward en fait!

Et pourquoi? Parce que, et c'était typique d'une famille québécoise, Olivia était une péquiste acharnée alors que Philippe était profondément attaché au Canada, vu qu'il était agent de la [1]GRC

- Quoi que tu en dises, Olivia, ce n'est qu'une sorte de vote ethnique et …

- Quoi? Mais enfin Philippe je suis ouverte aux autres et comparer un oui au référendum à un vote ethnique est …

- Et toi, tu en penses quoi, Edward? Lui demanda, à brûle-pourpoint, Philippe.

- Moi? Je pense que ta sœur est magnifique, qu'il vaut mieux essayer

---

[1]   GRC : Gendarmerie Royale du Canada

d'unir les humains plutôt que de les séparer et que … le steak tartare, c'est absolument répugnant mais aussi merveilleux... comme la vie quoi! ponctua Edward en espérant que le frère et la sœur, qui pourtant s'aimaient beaucoup, allaient enfin changer de sujet.

-   Bon, désolé mon amour, lui répondu Olivia, on devrait changer de sujet! Pourquoi pas une petite balade sur le Mont Royal? On n'en est pas loin!

-   OK, répondirent en cœur, le frère et l'amoureux d'Olivia.

Aussitôt dit et aussitôt fait! Edward offrit le repas et tout le monde partit d'un air joyeux vers la montagne pour une belle ballade!

Mais Edward était préoccupé et faisait beaucoup d'efforts pour ne pas le montrer à ses compagnons. Philippe, en vrai

garçon, ne voyait pas le trouble de son
ami, ce qui n'était évidemment pas le cas
d'Olivia, qui elle, avait parfaitement
détecté son malaise, mais préférait
attendre d'être seule avec lui pour en
parler.

Edward avait vraiment raison d'être
préoccupé, car il se rendait bien compte
que sa relation avec Olivia évoluait
beaucoup et que sans vraiment s'en être
rendu compte, il était devenu fou
amoureux d'elle, ce qui en soi n'aurait pas
dû être un problème, vu qu'il était
célibataire! Sauf que si son lieu de travail
était bien en banlieue de Washington DC,
il était plus précisément à Fort Meade,
dans le Maryland, au siège de la [2]N.S.A. !

---

[2] National Security Agency (NSA, « Agence nationale de la
sécurité »)

Chapitre 6: Be aware of the evil

- Bonsoir directeur Martin.

- Bonsoir Jeff, *what's new in your life?*

- Bof, vous connaissez le genre de vie que j'ai, c'est-à-dire aucune en-dehors du boulot!

- Un peu comme moi, alors, rétorqua le directeur.

- Eh oui! Alors qui a-t-il de si important pour que vous vouliez me voir en dehors des heures de bureau normales?

- Des rumeurs qui nous viennent du nord! Et rien de rassurant!

- Mais encore? Nous disposons d' agents responsables pour ce pays et aucun d'entre eux ne m'a fait part de

quoi que ce soit de spécial ou
d'inquiétant.

- Vrai, mais au moins l'un d'entre eux
est compromis et les autres opèrent
davantage sur le Canada anglais.

- Compromis? Mais encore?

- Disons plus très neutre et donc à la
fiabilité incertaine! Et croyez-moi,
nous n'avons pas besoin d'une autre
affaire Edward Snowden! Et c'est sans
compter les événements inquiétants qui
sont en train de se passer, ou plutôt à la
veille de se passer, au Québec! J'ai
donc besoin de vous pour régler ces
différents problèmes et ainsi sécuriser
notre frontière nord!

- Je vous écoute.

- Les rumeurs viennent, comme je vous
le disais, de la province francophone
du Canada, le Québec. Comme vous le

savez, il y a toujours là-bas un parti
politique aux ambitions séparatistes
très clairement affirmées.

- Oui, le Parti Québécois, je crois. Mais
sans réelle possibilité de gagner un
quelconque référendum!

- Jusqu'à présent c'était vrai, mais les
choses ont changé récemment.

- Vraiment? Et de quoi s'agit-il?

- En fait je ne le sais pas, mais les
péquistes sont extrêmement excités et
persuadés qu'avec leur nouvelle
proposition, l'affaire est dans la poche!

- Vraiment, Monsieur le Directeur?
C'est grave à ce point-là?

- Au début je n'y croyais pas, mais
certains milieux diplomatiques bien
informés m'ont confirmé qu'il fallait
s'attendre à de graves problèmes au

Canada à cause de cette nouvelle approche du PQ. Il faudrait même s'attendre à une explosion de la fédération canadienne, ce qui est exactement ce que nous voulons éviter pour la sécurité future des États-Unis!

- Surtout avec le nombre de terroristes dormant au Canada qui se tiennent tranquilles en attendant une opportunité pour fomenter des attentats sur le sol américain! Une telle instabilité ajoutée à un probable gouvernement québécois à forte tendance socialiste, serait extrêmement préjudiciable pour les États-Unis!

- Je ne vous le fais pas dire! Donc nous devrions réellement faire quelque chose pour contrer cela!

- Hélas, Monsieur le Directeur, on n'est plus au temps où la CIA, où nous, pouvions renverser des

gouvernements, comme avec l'affaire
Salvador Allende au Chili!

- Je sais cela, mais nous disposons de
  beaucoup de pouvoir discrétionnaire et
  d'une caisse noire bien fournie et rien
  ne nous oblige à en informer nos
  supérieurs!

- C'est pour cela que vous vouliez me
  voir le soir, hein?

- Évidemment, et rassurez-vous je n'ai
  besoin que de l'aide de deux de vos
  hommes et, évidemment, je vous
  fournirai un budget important. »

Chapitre 7: Ti-Jean

On l'appelait Ti-Jean!

Mais avec son mètre quatre-vingt-quinze, il n'était pas vraiment petit!

Et encore moins léger, car il pesait facilement 170 kilos, tout nu.

Non, c'était un surnom ironique qu'il affectionnait et qui lui permettait de cacher son véritable nom.

En fait il était très grand, très gros et aussi très laid, une énorme cicatrise lui barrant la joue gauche, résultat d'une bataille rangée qui avait failli mal tourner.

Évidemment il est toujours dangereux d'étrangler son « boss » surtout si celui-ci était le chef incontesté d'un petit groupe de motards criminalisés appelé les **Satan's Wolf**, les loups de Satan!!! Tout un programme! Il s'agissait en fait d' un groupe peu connu qui tirait ses revenus principalement du trafic de marijuana et de cocaïne!

Rien à voir avec des groupes hyper dangereux comme les **Hells Angels** ou les **Bandidos**, groupes criminels ayant pignon sur rue dans de nombreux pays, dont le Canada et, bien sûr, la province de Québec. Le Service de renseignement criminel du Canada qualifiait d'ailleurs les **Hells Angels** comme « le plus gros groupe de motocyclistes criminalisés du pays,» avec des chapitres actifs au Québec, en Ontario et en Colombie-Britannique.

Donc, à priori, les « petits » Satan Wolf n'étaient pas vraiment importants

dans ce monde de criminels
pathologiques.

Cependant, ce que la police ignorait,
c'était que le trafic de drogue n'était en
fait qu'une couverture, leurs réelles
activités étant le meurtre commandité.
Ils étaient en réalité une organisation
de tueurs à gages qui ne travaillait en
général qu'en dehors du Canada et
surtout dans l'est des États-Unis.

Ils étaient très astucieux et jusqu'à
récemment, n'avaient jamais eu le
moindre problème si ce n'est de petits
délits de revente d'herbe.

Et Ti-Jean ne mettait évidement plus la
main à la pâte, du moins pas
directement. Lui c'était le cerveau.
Oui, on peut être laid, sans scrupule et
malgré tout intelligent.

C'était d'ailleurs à ce titre qu'il avait
un rendez-vous nocturne avec des

individus manifestement américains
dans un endroit dont le moins que l'on
puisse dire était qu'il était glauque. Un
dessous de bretelle de l'échangeur
Turco!

-   Monsieur Ti-Jean, commença l'un des
    trois Américains, avec un accent new-
    yorkais très prononcé, manifestement
    le chef, j'aurais un « job » pour vous,
    mais d'abord, j'aimerais que vous
    regardiez le contenu de cet attaché-
    case, que j'ai amené tout spécialement
    pour vous, finit-il en lui tendant celui-
    ci.

Ti-Jean, le prit, sachant que les
Américains n'étaient que trois et qu'en
plus de ses deux gardes du corps, il y avait
aussi trois de ses hommes en planque,
armés de kalachnikov au cas où!

Dedans, il y avait … $100.000,00!

- Mais je n'ai rien négocié avec vous, lui dit surpris, Ti-Jean.

- C'est pour votre déplacement et pour votre écoute. Si vous acceptez ce que nous allons vous proposer, il y en aura beaucoup plus et si vous refusez, ces $100.000.00 sont quand même à vous pour que vous gardiez votre langue!

- Pour cela, n'ayez crainte, dans mon métier, c'est primordial! Alors je vous écoute messieurs.

Et les trois Américains lui parlèrent de ce qu'ils avaient en tête! Il s'agissait en fait de deux jobs distincts mais quand même reliés quelque part.

- Wow, s'exclama Ti-Jean, c'est gros ça, surtout le deuxième cas! Et vous savez que je ne travaille jamais ici!

-    $ 1.5 million pour vous et $ 1.0 million
     pour chacun de vos cinq gars, une fois
     le travail accompli !

Ti-Jean hésita... ce n'était pas vraiment
dans ses cordes ce genre de boulot, surtout
le second volet mais après tout, pourquoi
pas!

-    Hum …$2.5 pour moi, dit-il et $1.5
     pour chacun de mes gars, virés dans
     des comptes aux îles Caïmans, la veille
     du job!

Les Américains ne discutèrent même pas
et donnèrent leur accord. Ils semblaient
pressés de repartir et il y avait vraiment de
quoi.

-    Vous recevrez les armes et les
     explosifs très bientôt! Ce fut un
     plaisir… finit, laconique, le chef des
     Américains.

Chapitre 8: Irréparable

Edward avait pris son courage à deux mains et lui avait avoué la vérité!

Il travaillait pour la NSA et son boulot était d'espionner le Québec et en particulier le PQ, dont les États-Unis se méfiaient énormément.

Olivia ne fut évidemment pas contente, même si ces révélations ne la surprirent pas tellement, du moins le volet espionnage du Québec, pas le rôle de son ami évidemment, mais le fait que les USA surveillent les indépendantistes du PQ.

Elle lui avait demandé alors s'il avait participé à des opérations politiques quelconques contre le PQ et évidemment, il avait nié.

Alors elle lui avoua qu'elle ne pourrait
jamais vivre avec quelqu'un qui
espionnait son pays et il lui avait répondu
qu'il comprenait parfaitement;

Cependant elle lui déclara son amour et
l'avertit qu'il aurait à faire un choix, elle
ou son emploi à la NSA.

Et amoureux comme il l'était, le choix
avait été vite fait!

Ce serait elle! Il quitterait la NSA et
émigrerait ici à Montréal, pour vivre avec
elle.

Elle lui sourit et lui expliqua qu'elle
voulait en parler à son frère, surtout pour
faciliter sa venue au Canada. En effet,
Philippe n'était pas un simple agent de la
GRC. Olivia lui assura que son frère
l'aimait bien et qu'elle était certaine qu'il
pourrait les aider.

Elle lui dit de l'attendre dans cet hôtel où ils s'étaient rencontrés, le Marriott Château Champlain et que le lendemain matin elle viendrait le rejoindre avec certainement de bonnes nouvelles et qu'à présent elle allait rejoindre son frère pour en discuter.

Il l'embrassa avec fouge et ils firent l'amour avec passion! Puis il la laissa partir, avec appréhension toutefois, car son instinct lui disait que les temps à venir allaient être difficiles pour eux.

Il se coucha tôt, mais ne put trouver le sommeil avant tard dans la nuit, tellement il était tendu, inquiet de la réaction probable de l'agence quand il lui annoncerait son départ.

Mais finalement il sombra dans un sommeil agité dont il fut tiré par des sirènes de police à l'extérieur de l'hôtel alors que le réveil de la chambre indiquait qu'il était pratiquement 10:00h du matin.

« Olivia va bientôt arriver, se dit-il alors. » Dehors ce n'était que sirènes de police et d'ambulance... alors intrigué par tous ce chahut, il prit l'ascenseur et se dirigea vers le lobby de l'hôtel.

- Mais enfin que se passe-t-il? demanda-t-il au préposé derrière son comptoir.

- Un terrible accident, Monsieur, une jeune femme vient d'être renversée par un chauffard ivre!

Tout à coup, pris d'un terrible pressentiment, Edward courut vers la porte d'entrée de l'établissement où se trouvaient les voitures de police et l'ambulance! Une ambulance dans laquelle on embarquait une jeune femme couverte de sang.

Et brutalement, toute sa nouvelle vie
éclata! Sa respiration s'arrêta et son
estomac se serra au point de lui faire mal!
Une immense douleur envahit alors tout
son corps, une douleur dont il sut
instantanément qu'elle serait éternelle!
Edward venait de reconnaître Olivia!

Et il hurla :
NOOOOOOOOOOOOOOOOOOOOOO
OOOOOOOOOOOOON!

Chapitre 9: Comme un soupçon en arrière-plan de la tristesse

Les deux hommes étaient là, devant le caveau familial des Larocque, au cimetière du Mont Royal, où reposaient déjà les parents d'Olivia et de Philippe, morts dans un accident de voiture il y avait plusieurs années déjà.

Ils ne parlaient pas, comme submergés par une peine qui ne voulait, ne pouvait partir. Pourtant il y avait déjà 2 mois que le drame s'était produit! Mais l'émotion était encore trop forte et ils s'étaient spontanément retrouvés là dès que le premier sût que l'autre y viendrait.

- Tu tiens le coup? demanda Philippe

- Comme toi, je suppose!

- Finalement ton instinct de flic était le bon! Tu as su tout de suite que quelque chose ne tournait pas rond! Tu as eu toutes les confirmations, j'imagine?

- Oui! Voilà ce que j'ai appris au cours d'une enquête qui, tu t'en doutes bien, a dépassé les procédures habituelles dans ce genre de cas. En fait je ne m'en suis pas occupé, étant de la GRC, mais un collègue que je connaissais bien à la police de Montréal et qui était chargé de l'enquête, m'a révélé un certain nombre de choses troublantes. En premier lieu que les gens qui connaissaient le chauffard qui a renversé Olivia, lui ont répété avec insistance qu'il NE BUVAIT JAMAIS D'ALCOOL!

- Mais pourtant il était ivre mort quand c'est arrivé!

- Plus ou moins, son alcoolémie n'était
  pas si élevée que ça et la forte odeur
  d'alcool provenait plutôt de ses
  vêtements! Mais il y a plus... d'après
  plusieurs témoins, le conducteur se
  serait délibérément jeté contre l'arbre
  qui l'a tué après avoir heurté Olivia!
  En plus, il avait un dossier criminel
  long comme le bras et beaucoup
  d'accointances avec les motards
  criminalisés, mais tu sais tout cela. En
  outre, , comme on s'en doutait, j'ai eu
  confirmation de ce que je te disais
  l'autre soir concernant la disparition de
  l'hypothèque du conducteur ainsi que
  l'arrivée soudaine de $100 000.00 sur
  le compte en banque de sa femme,
  dans une autre institution que la
  sienne!

- Voyez-vous ça! Et le conducteur, était-
  il vraiment atteint d'un cancer en phase
  terminale et n'en avait-il plus que pour
  quelques semaines à vivre?

- Absolument, de cela aussi j'ai eu
  confirmation.

- Oui, ces confirmations sont certes
  importantes, compléta Edward, mais
  es-tu vraiment sûr qu'il y a eu
  complot? Il me semble que si la NSA
  n'avait plus confiance en moi, c'est
  moi qu'elle aurait dû faire tuer, non?

- Vraiment, lui répondit Philippe, on en
  a déjà parlé, il me semble? Un agent de
  la NSA assassiné à Montréal? Et tu
  crois que cela n'aurait pas attiré
  l'attention de nos services? Non, ils ne
  pouvaient pas procéder de la sorte.

- Donc tu es toujours persuadé qu'il y a
  autre chose?

- Oui, te tuer aurait été inutile s'il n'y
  avait rien et contre-productif s'il y
  avait quelque chose! Comme tu es un
  spécialiste de mon pays et que tes liens
  avec Olivia te rendaient sympathique

au Canada et dès lors suspect, il fallait
t'éloigner sans te donner de soupçons!
D'où l'attaque contre Olivia.

- Oui, oui, je suis d'accord avec toi,
  mais j'ai besoin de me le rappeler pour
  garder le courage de faire ce que je
  fais!

- Tu as trouvé quelque chose?
  questionna Philippe, anxieusement.

- Hélas, je crois que oui! Certains de
  mes chefs semblent avoir développé,
  depuis quelque mois, une véritable
  obsession pour le Canada et, en plus,
  j'ai l'impression très nette qu'ils ont
  quelque chose de précis en tête, mais je
  n'arrive pas à savoir quoi exactement,
  car je suis persuadé qu'ils m'ont mis
  sur la touche. Quelque chose est en
  préparation, quelque chose de gros, ça
  je te le garantis. Et quelque chose qui
  n'est pas relié au gouvernement des

États-Unis. Plutôt quelque chose qu'ils font sous l'influence de groupes plus ou moins nets, comme il en fourmille beaucoup chez nous.

- Donc il y a vraiment un complot en préparation?

- Oui, ça se passera quelque part au Canada, mais je ne sais pas où. J'ai repéré des déplacements de fonds importants mais je n'ai aucune idée des destinataires de cet argent.

- Attend une seconde, mon téléphone sonne, lui dit Philippe en décrochant, Oui, dit-il, OK, puis il raccrocha.

- Des nouvelles de tes hommes? demanda Edward.

- Oui! Ils me disent que notre observateur, prétendument discret, s'éloigne du cimetière. Il va sans doute faire son rapport à ses maîtres! conclut Philippe.

- OK, ramène-moi à mon hôtel, je partirai à la première heure demain matin, mais … mais donne-moi de ses nouvelles, enfin!

- Les nouvelles sont bonnes, Olivia est enfin sortie du coma et ne devrait avoir aucune séquelle. Évidemment, la première personne qu'elle a réclamée, c'était toi!

- Je veux la voir!

- Et tu ne la verras mais pas maintenant! Souviens-toi, elle est officiellement décédée et nous l'avons même enterrée!

- Et tu m'y avais fait croire en plus! Sous prétexte qu'elle aurait été défigurée, je n'avais même pas pu la voir dans son cercueil!

- Je suis désolé mon ami, mais il fallait
  absolument que tu joues le jeu avec le
  plus de conviction possible. Je te
  connais et savais que tu comprendrais
  les enjeux et que tu ne m'en voudrais
  pas!

- Non, mais j'ai cru mourir!

- Je sais, mais maintenant, il faut
  continuer et découvrir réellement ce
  qui se passe.

- Oui je le ferai, mais une dernière
  question. Où est-elle?

- À l'hôpital Montfort à Ottawa, sous un
  faux nom et une garde rapprochée.

Chapitre 10: Et c'est reparti

Évidement le centre historique des méga meeting du PQ, le Centre Paul-Sauvé, n'existait plus mais Jacques Dubois n'en avait cure! Ce centre était aussi, d'une certaine façon, le lieu des échecs du PQ malgré les paroles historiques de son chef emblématique. René Lévesque avait déclaré le soir du premier référendum perdu: «Si je vous ai bien compris... vous êtes en train de me dire... à la prochaine fois».

Et il y était maintenant! Le troisième référendum était envisagé sérieusement et même, pour certains, sur la voie de se réaliser! Le PQ avait convoqué tous ses sympathisants pour un autre méga meeting non seulement pour l'annoncer mais surtout pour lancer officiellement la grande idée sensée tout révolutionner. Le plus surprenant était que le parti n'était même pas au pouvoir et que la consultation n'aurait donc aucune valeur légale sur le gouvernement. Mais pour couper court à toute mise en doute des résultats, le parti avait demandé à des partis «frères» européens (Écossais et Barcelonais) d'envoyer des observateurs. Il payait aussi tous les coûts de la consultation grâce à des bailleurs de fonds enthousiastes.

Le PQ n'avait aucun doute sur le succès de sa nouvelle proposition et l'avait même testée auprès de nombreux politiciens étrangers plus ou moins sympathisants à sa cause.

Tous lui avaient dit que personne ne les appuierait avant le référendum, pour ne pas s'immiscer dans la politique canadienne, mais qu'ils le feraient après, si celui-ci se révélait gagnant.

Jacques était au septième ciel, car pour
lui le gouvernement en place ne pourrait
simplement PAS ignorer les résultats de
ce référendum. De plus, tous les sondages
montraient à quel point l'idée faisait du
chemin chez les Québécois et même, oh
ironie suprême, dans le reste du Canada!

Alors il avait loué, à défaut du Centre
Paul-Sauvé, le Palais des Congrès de
Montréal pour lancer la campagne du
OUI. Il y attendait ÉNORMÉMENT de
monde.

Le Québec était à l'instant zéro d'une
autre formidable révolution tranquille!

L'histoire était en marche, il en était
persuadé!

Chapitre 11: Petite soirée tranquille à Washington DC

Vendredi, 17:20h! Edward White ferma son ordinateur et s'apprêta à quitter son bureau quand Bob Neward l'apostropha.

- Alors, dit-il, la journée est finie? Tu pars tôt ce soir.

- Suis crevé! Et j'ai complété mon dossier, alors Martin va être content, j'en suis sûr! Et toi, tu fais des heures sup?

- Oh que non, je m'apprêtais moi aussi à déguerpir! Après tout on est vendredi et il n'y a rien de spécial sur les radars pour le moment. Tu es toujours partant pour demain soir?

- Au Iron Horse? Oui bien sûr! Ça va me changer les idées!

- J'espère qu'elles ne sont plus aussi noires!

- T'inquiète! J'ai mal encore, mais la vie continue, non?

- Oui, et on va t'aider! N'oublie pas l'adresse...c'est au 07 7th St NW à Washington! Et pour ton info, Nancy sera là!

- Non? Tu as réussi à la convaincre de venir?

- Au début elle ne voulait pas, mais quand elle a su que tu viendrais, elle a subitement changé d'avis! Tu as une touche solide mon frère! Je suis un peu jaloux je dois dire! Cette fille est magnifique!

- T'es pas marié par hasard?

- Oui, mais, bon, ça ne m'empêche pas de regarder …. Et de toute façon Alice mon épouse sera là aussi!

Edward rit de bon cœur devant la mine
déconfite de son ami.

-     Alors à demain, finit-il en se levant.

Edward fila vers sa voiture au parking
puis prit la route de Baltimore où il louait
une petite maison dans un quartier sans
histoire. Sur sa route, il s'arrêta pour
acheter du poulet au Colonel Sanders puis
de la bière à la petite épicerie du coin.

À 18:30h, il se gara dans l'allée de sa
maison. En bon célibataire, il s'installa
dans la cuisine pour avaler son poulet et
déguster sa pils

Après il s'affala devant un film plutôt
ennuyeux à la télé.

À 22:27h, il éteint la télé et les lumières
du salon pour monter à l'étage et alluma
le poste dans sa chambre, histoire de
regarder les dernières nouvelles.

À 23:00h exactement ce fut l'extinction des feux et toute la maison fut plongée dans le noir. Edward était couché. Après tout, il allait avoir une soirée avec ses amis et collègues le lendemain alors rien se s'opposait à ce qu'il se couche relativement tôt un vendredi soir.

A 02:00h du matin toutefois, Edward se leva sans faire de bruit. Il n'eut qu'à enfiler ses mocassins et prendre le sac à dos qu'il avait préparé parce qu'il ne s'était même pas déshabillé en se couchant. Évidemment il ne prit pas son cellulaire.

Silencieusement, il gagna le sous-sol de la maison puis sortit lentement par une lucarne qui s'ouvrait proche de la haie de cèdres de la maison voisine.

Toujours aussi silencieusement, il passa dans le jardin du voisin puis dans celui d'un autre jusqu'à atteindre une rue

parallèle à la sienne deux pâtés de
maisons plus loin.

Là, à pas de loup, il s'approcha d'une
voiture noire garée dans l'ombre et, après
un dernier coup d'œil aux alentours,
frappa discrètement sur la vitre de celle-ci.
Aussitôt il entendit le déclic d'une portière
qui se déverrouille.

-    Salut Philippe, dit-il au conducteur.

-    Salut à toi, Ed. Rien à signaler?

-    Non, tu peux démarrer? Personne ne
     m'a suivi.

Philippe Larocque embraya aussitôt et
prit la direction de l'interstate 81N, vers le
Canada.

-    915 km de distance... ce qui va nous
     faire pas mal d'heures! dit, laconique,
     Philippe.

- Parfait, alors tu as tout le temps pour me mettre au parfum!

- OK Ed, mais j'espère que tu es sûr de tes infos!

- Crois-moi Philippe, je connais très bien le Directeur Martin et c'est un connard de première. J'ai senti tout de suite qu'il préparait quelque chose. Ce type n'a pas de cœur!

- Oui, mais quoi?

- Écoute, as-tu pu faire un suivi sur les comptes cachés de la NSA que je t'ai fait suivre?

- Oui et il y a bien eu des transactions importantes vers les îles Caïman.

- Tu as identifié les récipiendaires?

- On n'en est pas sûr, mais on pense que ce sont différents gars d'un groupe motard criminalisé, les Satan's Wolf.

-   Des motards? Mais ceux-ci sont plutôt
    des vendeurs de drogue, non?

-   Oui, mais certains de nos agents
    pensent qu'en fait ce sont des tueurs à
    gages et que la drogue leur sert de
    couverture.

-   Donc ils auraient été embauchés pour
    quelque chose de gros, comme un
    attentat?

-   Peut-être, dit Philippe, mais il y a une
    question qui est vitale ici et je vais te la
    poser directement. Penses-tu
    réellement que les États-Unis
    pourraient commettre un attentat au
    Canada?

-   Sincèrement pas sous les ordres du
    président actuel, mais je te le répète, il
    y a beaucoup de cinglés devenus
    incontrôlables aux USA dans les
    services secrets . Si je t'ai recontacté,
    c'est pour cela aussi et crois-moi, j'ai

été formé par la NSA et je connais mon boulot. Et le Directeur Martin est justement un de ces cinglés dont je te parle. De plus, il m'a mis discrètement sur la touche, ce qui est une preuve supplémentaire, sans compter que c'est surtout maintenant son adjoint Jeff qui dirige les opérations. Donc cela m'indique qu'il prépare quelque chose au Québec!

- Mais pourquoi le Québec?

- Justement parce que j'ai été mis sur la touche, alors que je suis leur spécialiste, mais aussi en raison du climat politique actuel là-bas.

- Mais il n'y a rien ici qui constitue un danger pour les États-Unis.

- Si, pour ces cinglés.

- Tu vraiment sûr de toi?

- Écoute, si je t'ai demandé de
  m'exfiltrer c'est parce que je sais qu'il
  se prépare quelque chose et que ce
  quelque chose va se passer demain,
  enfin ce soir vu qu'il est déjà 2:30h du
  matin! Avez-vous réussi à localiser les
  Satan's Wolf?

- Merde, tu me fous la trouille. Oui, on
  les a à l'œil!

- OK, mais va-t-il se passer quelque
  chose de spécial samedi soir au
  Québec?

- NOM DE DIEU, cria tout à coup
  Philippe. Oui, il va se passer quelque
  chose de spécial demain.

Tout à coup en proie à une peur panique,
Philippe prit son téléphone sécurisé

spécial et entra en contact avec Ottawa au bureau du [3]SCRS.

-   C'EST POUR SAMEDI SOIR! hurla-t-il, À MONTÉAL!

---

[3]   SRC Service Canadien de Renseignement de Sécurité

Chapitre 12: Et si on se faisait un petit carnage?

La camionnette noire descendit la rue Saint-Urbain et croisa le boulevard René Lévesque, mais sans y tourner. Il n'y avait rien de spécial à observer sur ce véhicule sauf qu'il n'était plus très jeune comme beaucoup de véhicules de livraison à Montréal. En outre, il ne portait aucune identification ni logo d'un commerce quelconque.

Un peu plus bas, la camionnette croisa l'avenue Viger dans laquelle il s'engagea vers l'ouest, en direction du Palais des Congrès de Montréal. À ce moment-là, il n'y avait déjà plus beaucoup de monde dans la rue, car l'événement programmé au Palais avait débuté depuis 2 heures, ce qui signifiait que celui-ci devait maintenant être plein à craquer.

Le véhicule noir s'arrêta en face du 201 Viger Ouest.

Cinq hommes armés de Kalachnikov en sortirent en hurlant et en courant vers l'entrée du Palais, tout en jetant des tracts au nom d'un soi-disant «Front du Refus du Québec».

A cette seconde, les tireurs d'élite de la Gendarmerie Royale du Canada, de la Sûreté du Québec et du Service de Police de la Ville de Montréal, postés aux alentours du Palais, tout comme d'autres agents postés aux entrées, ouvrirent le feu sur les intrus.

Quand l'énorme tas de graisse qu'était Ti-jean toucha le sol, il était déjà mort! Les 4 autres belligérants ainsi que le chauffeur du véhicule subirent le même sort. Quant à celui qui avait pour charge de garer le véhicule bourré d'explosif rue St-Catherine, il fut intercepté quelques

minutes plus tard. Comme il n'était pas
un héros, il se rendit sans résister ce qui
était excellent, car il en avait long à
raconter à la police.

Rapidement le secteur fut envahi par une
quantité énorme de policiers pour assurer
sa sécurisation puis tous les participants
du meeting du PQ commencèrent à
évacuer le palais.

Inutile de dire que tout le monde était sous
le choc. Déjà les camions des services de
nouvelles en continu, comme RDI et TVA
nouvelles arrivaient précipitamment
malgré le fait que beaucoup de reporters
étaient déjà sur place pour couvrir un
événement que tout le monde avait
pressenti comme historique … mais pas
vraiment dans ce sens-là évidemment!

Allez savoir comment, mais un reporter de
RDI parlait déjà d'attentat commandité.

Edward et Philippe étaient au QG spécial
qui avait été établi en un temps record
dans l'édifice Guy Favreau, non loin de là.
La fatigue du voyage était complètement
effacée par les événements. Edward avait
vu juste et sauvé beaucoup, beaucoup,
beaucoup, de vies humaines ce soir-là.

Tout le monde était survolté, mais déjà
plusieurs personnes venaient voir Edward
pour le remercier de sa mise en garde.

Dès maintenant les journalistes se
pressaient au complexe pour interviewer
les responsables, mais ceux-ci se
contentaient de leur répondre que le
premier ministre Justin Tremblay arrivait
pour donner une conférence de presse à
laquelle participeraient le premier ministre
du Québec ainsi qu' un témoin surprise, un
certain Edward White, réfugié au Canada
et grâce auquel le carnage avait été évité.

Mais la rumeur était déjà partie et d'après elle, les États-Unis seraient responsables de l'attentat projeté, du moins leurs services secrets. Tout le monde l'avait compris quand ils apprirent que l'ambassadeur des États-Unis était convoqué pour 9:00h le lendemain à Ottawa.

Puis le premier ministre du Canada entra dans la grande salle du complexe suivi par le premier ministre du Québec, les différents chefs des corps policiers et bien sûr Edward White.

-   Mesdames et messieurs, commença le premier ministre, ce qui vient de se passer est sans précédent dans l'histoire du Canada…

Chapitre 13: Requiem pour un espion

Le directeur Martin se leva péniblement. Il savait que la journée allait être difficile, mais il essayait de toutes ses forces de ne pas le montrer à son épouse Élisabeth et encore moins à ses enfants, Cathy et little John.

Il aurait probablement dû éviter de boire autant de whisky hier soir!

«De toute façon là où je vais je n'en aurai plus besoin, alors pourquoi pas»

- Ça va John? lui demanda son épouse qui commençait sérieusement à s'inquiéter de son aspect si sombre ce matin.

- Oui, oui! Des emmerdes au bureau… dont je ne peux évidemment pas te parler!

- Et c'est pour cela que tu mets ton plus
  beau costume et ta plus belle cravate?

- Non! C'est … c'est parce que je vais à
  la Maison-Blanche ce matin!

- À la Maison-Blanche? Mon Dieu c'est
  important alors.

- Oui. La voiture va bientôt arriver, alors
  allons déjeuner.

Ils descendirent à la cuisine où, d'ailleurs
Cathy et little John avaient commencé à
avaler leurs céréales, le bus qui devait les
amener à l'école devant lui aussi arriver
bientôt.

Mais Élisabeth était de plus en plus
inquiète et sentait profondément le trouble
de son mari même si elle ne voulait pas le
montrer pour ne pas perturber les enfants.

Puis, John père regarda sa montre et se dit
que la voiture de service devait être

arrivée Il se leva, embrassa avec fougue
son épouse, ce qui l'inquiéta encore plus,
puis fit de même avec ses deux enfants,
qui lui envoyèrent un regard interrogateur.

Le directeur John Martin se trouvait sur le
perron de sa luxueuse maison en banlieue
de Washington quand ses enfants
sortirent précipitamment derrière lui, leur
bus scolaire venant juste d'arriver.

*«Non, pensa-t-il immédiatement, PAS
DEVANT EUX».*

Mais rien ne se passa et les enfants
gagnèrent leur bus en toute quiétude.

Le véhicule de service venait également
de stationner. Son chauffeur ainsi que son
garde du corps étaient présents.

Martin descendit lentement les marches
du perron, le souffle court, mais rien ne se
produisit.

Il se retourna une dernière fois et envoya
un baiser à sa femme qui le suivait des
yeux derrière la fenêtre du salon. S'il
avait pu la voir de près, il aurait vu qu'elle
était livide tant l'inquiétude la taraudait
maintenant.

Il embarqua dans le gros 4x4 noir qui
démarra en trombe vers le centre-ville de
Washington en direction de la Maison-
Blanche.

Le véhicule s'arrêta à un feu rouge alors
qu'un autre véhicule s'immobilisa juste à
leur côté. John ferma les yeux.

«C'est maintenant, pensa-t-il»

Mais rien ne se passa et ils redémarrèrent
rapidement.

La voiture s'approchait de la Maison-
Blanche, via Pennsylvania avenue, quand
ils s'arrêtèrent à un énième feu rouge. Le
Directeur Martin regarda par la fenêtre et

remarqua une moto montée par un homme
qui conduisait et une femme à l'arrière.

*«C'est maintenant, pensa-t-il
immédiatement».*

La moto s'arrêta sur leur gauche et la
femme à l'arrière de la moto sortit un
pistolet muni d'un silencieux et tira une
balle en pleine tête du Directeur Martin.

Si près de la Maison-Blanche! Mais il ne
l'atteignit jamais.

SECONDE PARTIE

D'UN OCÉAN À L'AUTRE

LA DEVISE DU CANADA

Chapitre 14: Il était une fois … dans l'ouest.

- Bonjour monsieur…

- Pas de nom, svp.

- Euh … oui, vous avez raison!

- Mais prenez place, prenez tous place. Et pour commencer, n'oubliez pas que même si nous avons pris toutes nos précautions, il se pourrait que nous soyons écoutés. C'est pour cela aussi que je vous ai tous priés de ne pas amener de téléphone cellulaire avec vous, même éteint!

- Oui, oui, on est au courant, répondirent plusieurs invités, mais si tu as pris le risque de nous convoquer ici, c'est qu'il y a quand même quelque chose de très spécial. Est-ce relié à l'attentat de Montréal?

- Oh que oui! Comme vous savez, nous autres libertariens, nous œuvrons dans l'ombre car nous ne sommes pas des politiciens. Malgré tout, nous croyons que c'est à nous d'agir contre cette société où les gouvernements se comportent comme la dernière des Mafias en, littéralement, instituant un racket de protections sur notre argent! Ils imaginent un scénario comme cette stupidité de réchauffement climatique, et hop, ils ont leurs mains dans nos poches et notre argent durement gagné va enrichir un paquet de politiciens et de fonctionnaires parasites!

- Oui on est d'accord avec toi là-dessus, mais pourquoi nous avoir fait venir? On sait cela!

- Parce que les choses, comme vous le savez, se sont mal passées au Québec.

- Oui, mais ce n'est pas nous qui avons fait ou voulu cela! Nous ne sommes pas des meurtriers, bon sang!

- C'est vrai, mais nous aurions dû peut-
être nous méfier un peu plus de nos
amis américains, libertariens comme
nous, qui sont parfois un peu lourds
dans leurs réactions.

- D'après eux, c'est le directeur Martin
qui en a remis une couche!!!

- Il pourrait parler, ce Martin?

- D'après nos amis, plus maintenant. Ils
ont pris leurs précautions!

- Encore un meurtre?

- Hélas, oui!

- Bon, il va falloir faire plus attention
avec eux. Nous croyons au
libertarisme, mais pas au meurtre, bon
sang!

- C'est pour cela que je vous ai
convoqués aujourd'hui. Nous allons
devoir agir, mais par nous-mêmes, en
évitant le plus que possible nos amis
américains. De toute façon, après cette

terrible erreur au Québec, pas un
politicien, même parmi ceux qui sont
sympathisants de notre cause, ne nous
suivrait.

- Oui, mais le problème est réglé, non?
Après cela le Québec ne va pas se
séparer du Canada, du moins d'après
les sondages.

- Sauf que l'attentat de Montréal, c'est
l'arbre qui cache la forêt!

- Expliquez-vous.

- Ce qui est important de comprendre ce
n'est pas la volonté des Québécois de
dire oui à un référendum
d'indépendance, mais pourquoi,
brusquement, ils ont changé d'avis
alors que jusque-là, ce référendum était
perdant.

- Ah, je vois, vous voulez parler de leur
fameuse idée! Mais elle est ridicule!
Ici en Alberta elle n'aurait aucune
chance même d'être considérée!!!

- C'est là où tous vous vous trompez.
  Peut-être l'attitude actuelle des
  Américains à notre égard est due à
  l'attentat de Montréal ou à d'autres
  raisons, mais le sondage que j'ai fait
  faire, même imparfait, indique au
  contraire que beaucoup de nos
  concitoyens y pensent réellement! Et
  cela c'est sans considérer la Colombie-
  Britannique, l'Ontario et évidemment,
  le Québec.

- Aie, aie! Ce que vous dites est grave!
  Mais de toute façon, ça ne nous
  concerne pas vraiment, c'était une idée
  pour le Québec.

- Encore une fois, vous vous trompez.
  Mes contacts à Ottawa me disent que
  Justin Tremblay, notre cher premier
  ministre libéral, y pense et y pense
  même beaucoup!

- M... on est foutu! Ils vont encore
  mettre leurs sales mains dans nos
  poches avec ce plan délirant!

- Mais non, on n'est pas foutu! Du
moins pas encore et certainement pas
sans se battre.

- Bon, exposez-nous votre plan.

- Une fois encore, regardez au sud de la
frontière.

- Ah non, plus de connerie made in USA
.

- Bon, ne vous énervez pas, tous nos
amis américains ne sont pas pareils.
Seuls quelques excités ont
effectivement fait des choses terribles
et je peux vous dire qu'ils se sont brûlé
les ailes car il n'y a plus un seul
politicien américain qui veut les
approcher, même ceux qui étaient
traditionnellement de leur côté. Cela
dit, ce que je suggère c'est de faire ce
qu'un président américain célèbre a
fait.

- C'est-à-dire?

- Des «fake news»!

Chapitre 15: Projet Eureka

- Professeur Goyer, soyez le bienvenu à
  la résidence du premier ministre du
  Canada, s'exclama Michael Wender,
  greffier du conseil privé. Le premier
  ministre ainsi que la ministre des
  Affaires étrangères vont vous
  recevoir dans quelques minutes.

- Je vous remercie. Savez-vous
  exactement ce pour quoi je suis ici?
  Surtout à sa résidence officielle?

- Disons que c'est une question de
  discrétion! Le premier ministre va
  vous l'expliquer. Il vous attend
  d'ailleurs dans son bureau où je vais
  vous conduire immédiatement.

Ce qui ne prit évidemment pas beaucoup
de temps et le premier ministre, Justin
Tremblay invita le professeur Frédéric
Goyer ainsi que les autres personnes
présentes à s'asseoir dans les canapés de

cuir du bureau. Le premier ministre, une
fois les formules de politesse expédiées,
ne prit pas beaucoup de temps pour entrer
dans le vif du sujet.

- Professeur, vous êtes évidemment au
  courant des derniers événements qui se
  sont passés au Québec? questionna le
  premier ministre.

- Oui monsieur le premier ministre et il
  est pratiquement inconcevable pour
  moi que des gens ayant des fonctions
  officielles dans un service secret
  américain aient pu prendre l'initiative
  de faire commettre un attentat au
  Québec sans que personne ne les
  arrête. À moins, bien sûr qu'ils n'en
  aient reçu l'ordre.

- Peu de chance et certainement pas du
  président des États-Unis. Disons qu'il
  s'agissait d'éléments incontrôlés...ce
  qui ne diminue en rien la responsabilité
  des États-Unis.

- J'ai cru comprendre que j'avais un lien
  avec ça?

-   Oui et non. Nous avons appris finalement que vous êtes à l'origine de cette fameuse idée que le PQ voulait soumettre à ses membres en vue de déclencher un référendum sur l'indépendance.

La remarque du premier ministre mit le professeur mal à l'aise. Il rétorqua :

-   Je vous assure, monsieur le Premier ministre, que ce n'était pas mon intention… et je regrette beaucoup ce que j'ai dit, vu les terribles événements qui ont suivi!

-   Ne vous excusez surtout pas, professeur, nous sommes dans un pays libre qui respecte le droit de parole. De plus, d'après Edward White, le transfuge de la NSA qui nous a aidé à éviter un carnage à Montréal, les gens qui ont planifié cet attentat ne savaient rien de votre idée. Ils étaient simplement obnubilés par le fait que celle-ci allait permettre au Québec de faire sécession et donc de créer,

toujours selon eux, bien entendu, une
zone de grande incertitude au nord des
États-Unis.

- Bien, mais alors pourquoi m'avez-vous
  convoqué?

- Michael? questionna le premier
  ministre.

Celui-ci prit la parole, sur évidente
invitation du premier ministre.

- Bon, Professeur, avant de vous parler
  de votre rôle, laissez-nous vous
  expliquer notre raisonnement. En fait,
  tout part de votre idée. Au début, elle
  ne nous parlait pas plus que cela et
  nous étions même surpris de voir à
  quel point le parti québécois avait
  sauté littéralement dessus. Pour dire
  vrai, nous étions surtout très
  préoccupés par nos amis du sud de la
  frontière à cause de leur attitude
  extrêmement protectionniste les
  amenant constamment à remettre en
  question des accords, pourtant très
  bénéficiaires à tous, tels les accords de

l'ALENA et les attaques contre le bois d'œuvre canadien. Dernièrement, ils ont même attaqué notre industrie aéronautique prétendant que celle-ci était illégalement subventionnée alors que la leur l'est dix fois plus.

- Ils ont même été jusqu'à contester des politiques intérieures canadiennes, comme le contrôle de l'offre dans le secteur laitier par exemple. Bref, malgré que nous soyons censés être leurs meilleurs amis, ils nous traitent comme des ennemis! Et brusquement, nous avons pris conscience des limites des accords de libre-échange! intervint le premier ministre.

- Oui, et on peut même aller plus loin, rajouta la ministre des Affaires étrangères, les États-Unis sont comme dans un cul-de-sac idéologique et malgré des présidents remarquables, comme Monsieur Obama, ils se retournent brusquement en élisant carrément son opposé . Ils étaient les leaders dans les années 80 et

maintenant ils semblent être
exclusivement dominés par la bourse et
vont jusqu'à nier les choses les plus
évidentes. Écoutez seulement les
arguments de la National Rifle
Association qui ose prétendre que ce
n'est pas l'arme qui tue, mais celui qui
est derrière elle… comme si un fou
avec un lance-pierre et un fou avec un
fusil mitrailleur, c'était la même chose!
Et tout ça pour quoi? Pour respecter le
2e amendement de la constitution?
Certainement pas. La vraie raison est
simple: les milliards de dollars que
rapportent les ventes d'armes. Et
qu'importe si cela signifie
approximativement 10.000 meurtres
par an aux États-Unis. Imaginez ce que
350 millions d'armes à feu peuvent
rapporter aux fabricants d'armes!!!

- Évidemment, reprit le chef du conseil
privé, la tentative d'attentat de
Montréal nous a brusquement ramenés
à la réalité et cela soulève bon nombre
de questions, la première étant de
savoir si les Québécois seraient prêts à

voter favorablement au référendum séparatiste pour faire un Québec indépendant ou s'ils privilégient plutôt la réalisation de votre idée.

- Vous avez une réponse à cette question? demanda le professeur.

- Oui! En fait c'est votre idée qui les intéresse, plus que la séparation! Et l'actuelle attitude des Américains les pousse encore plus dans cette direction.

- Vraiment?

- Oh que oui, nous n'avons aucun doute là-dessus! Ce qui nous a alors amenés à nous poser une autre question …

- Laissez-moi deviner, intervint le professeur, vous vous êtes demandé ce qu'en pensaient les autres Canadiens?

- Exactement! Et comme vous le savez, le parti libéral est bien établi partout au Canada, ce qui nous a permis de faire un sondage confidentiel rapidement.

- Et?

- Et à notre grand étonnement, les autres
  Canadiens ont un raisonnement très
  proche des Québécois, ce qui implique
  qu'ils adhèrent à votre idée!

À ce moment, le premier ministre du
Canada choisit d'intervenir une nouvelle
fois.

- Et c'est là, professeur, que vous
  intervenez. Croyez-le ou non, de
  nombreuses ambassades étrangères
  nous ont contacté à ce sujet et
  aimeraient être tenues au courant de
  l'évolution de ce concept au Canada.
  Alors voilà, avant d'aller plus de
  l'avant ici avec votre concept, nous
  aimerions que vous fassiez pour nous
  une vaste consultation internationale,
  en visitant de nombreux pays pour
  solliciter leur avis, surtout en
  Amérique du Sud, dans le sud du
  pacifique et en Europe. Acceptez-vous
  de faire ce boulot?

-   Avec grand plaisir, Monsieur le
    Premier Ministre.

-   Parfait! Nos différentes ambassades
    dans le monde prépareront le terrain
    pour vous! Soyez discret et ne parlez à
    personne de ce projet. Son nom de
    code sera EUREKA!

Chapitre 16: La vie de château

Comme le dit sa publicité sur le web :
«[4] Le Fairmont Château Laurier est situé au cœur du centre-ville d'Ottawa, à distance de marche des édifices du Parlement, du canal Rideau, du Musée des beaux-arts du Canada, du Centre Shaw et du Centre national des Arts. Nous sommes ravis d'annoncer que nous avons récemment terminé une revitalisation de plusieurs millions de dollars incluant la mise à jour des systèmes de télévision et de Wi-Fi. Les chambres récemment rénovées sont un ajout frais et moderne à l'élégance royale de l'hôtel. Le tout inclut également nos nouveaux étages Fairmont or, permettant ainsi au Fairmont Château Laurier de rester le meilleur hôtel de luxe à Ottawa. Fairmont Or a été entièrement ré imaginé avec maintenant 69 chambres et suites,

---

[4]   Du site web du Château Laurier à Ottawa

qui ont été récemment rénovés avec des détails modernes. Le luxueux salon Fairmont Or a été renouvelé afin d'offrir à nos invités un niveau de service qui vous aidera à tirer le meilleur parti de chaque instant, assurant un séjour qui ne sera rien moins qu'inoubliable. »

Bref un hôtel excellent, pour un hôte non moins excellent … et invité par le gouvernement du Canada, qui en plus, assurait sa sécurité … au cas où…!

Bref l'homme était choyé, mais … il y a une limite à naviguer sur internet ou à se gaver des excellents repas du restaurant Wilfrid's! C'est pourquoi l'annonce d'une visite était plus que bienvenue!

- Philippe, mon dieu, mon ami que je suis content de te voir, lui dit Edward en serrant fort son ami Philippe Larocque dans ses bras.

- Comment vas-tu Edward, lui demanda son ami.

- Bien, même si je ne parviens toujours pas à passer une nuit sans penser à Olivia, même si je sais qu'elle est dans de bonnes mains! Cette inactivité me tue même si je remercie énormément l'hospitalité de ton pays, Philippe, que j'ai toujours énormément apprécié, comme tu le sais.

- Oui je sais, lui répondit-il, et justement j'ai quelques nouvelles pour toi, qui devraient te faire plaisir.

- Je t'écoute.

- Premièrement, tu vas être reçu par le premier ministre du Canada, Monsieur Justin Tremblay, qui, lors d'une petite cérémonie officielle à laquelle plusieurs ambassadeurs de nos alliés européens assisteront, va te faire citoyen d'honneur et te remettre la plus haute distinction honorifique du Canada, l'Ordre du Canada, en remerciement de ce que tu as fait pour nous,

- Fantastique, mais je reste quand même sous protection et j'en ai marre.

- D'où la deuxième bonne nouvelle! Le président des États-Unis a signé un document officiel dans lequel il stipule clairement qu'aucune action judiciaire ne pourra jamais être intentée contre toi pour ton aide au cours de la tentative d'attentat de Montréal, avec bien sûr, la restriction de ne pas révéler de secrets de la NSA non reliés à cette affaire.

- Bien sûr! Je ne trahirai jamais mon pays, même si … si!

- Ce que tu as fait était honorable et même si nous avons poussé un peu, les États-Unis le reconnaissent! Tu es parfaitement libre de retourner à Washington où de rester ici.

- Je vais rester ici, je n'ai plus rien à faire là-bas. Et je te l'ai dit, j'aime ce pays!

- Le tien aussi maintenant.

-   Oui. Vu que je ne suis plus menacé, je
    vais essayer de me trouver un travail.
    Tu crois que mes compétences me
    permettront de trouver quelque chose
    facilement ici?

-   T'inquiète, on a déjà quelque chose
    pour toi, si ça t'intéresse!

-   Ah oui? Quoi? interrogeât avec
    incrédulité, Edward.

-   Le [5]SCRS!

-   Non Philippe! Je te l'ai dit, je ne
    trahirai pas mon pays, même pour
    vous.

-   On ne te le demandera pas, mais tu es
    bon dans ce domaine et tu pourrais
    nous amener des méthodes de travail
    où des façons de voir, sans trahir qui
    que ce soit. Tu nous aiderais beaucoup,
    surtout pour investiguer les suites de
    l'affaire de Montréal. En effet certaines
    rumeurs nous sont parvenues et nous

---

[5] SCRS : Service Canadien de Renseignement de Sécurité

avons besoin de quelqu'un comme toi
pour nous aider à aller plus loin.

- Ne rien relier aux États-Unis, mais pas
  mal de choses similaires à ce qui se
  passe là-bas, mais ici au Canada. Et on
  travaillerait ensemble.

- Tu fais partie du Service canadien de
  Renseignement de Sécurité?

- Non, de la GRC, côté renseignements,
  mais pour cette affaire je servirai
  d'agent de liaison entre nos deux
  agences.

- Alors tope là mon ami, je travaillerai
  pour vous, fut la décision d'Edgard
  White.

- Attends, ce n'est pas fini! Olivia va de
  mieux en mieux et nous pensons que la
  menace contre vous deux n'existe plus,
  donc …

- Elle va pouvoir me rejoindre bientôt,
  ALLELUIA, cria Edward.

Chapitre 17: extrême gauche, extrême droite, même combat?

- Szymanowski, Adam Szymanowski, je présume?

- Tout à fait, monsieur Horvath, László Horvath, pour être précis!

- Bien, bien, je vois que nous avons fait tous les deux nos devoirs!

- Exact!

- Alors que me vaut cette … invitation?

- Disons … un problème commun à nos deux gouvernements!

- Qui est???

- L'Union européenne qui, disons-le crûment, fait de l'excès de zèle à nos égards respectifs.

- C'est-à-dire?

- Disons les critiques et même les
  menaces du Conseil de l'UE qui nous
  accuse de ne pas respecter l'état de
  droit en harcelant les ONG, en
  chassant les médias trop critiques, en
  construisant des murs contre les
  émigrants, en tentant de réintroduire la
  peine de mort, et maintenant en
  décidant de fermer une université!
  Rendez-vous compte, nos pays
  respectifs sont envahis par une marée
  humaine de gens du tiers monde qui ne
  parlent même pas notre langue et qui
  n'ont même pas la même religion que
  nous, et nous, nous devrions laisser
  faire? Et quoi encore? Convertir nos
  églises en mosquées?

- Vous avez raison, ces domaines de
  compétence ne devraient pas dépendre
  de la Commission, mais bien relever de
  chaque pays, fusse-t-il membre de
  l'Union européenne! Ça a rendu nos
  patrons respectifs furieux! Mais vous
  m'avez parlé de l'initiative du Canada.
  Quel rapport avec nos ennuis avec la
  Commission?

- Le Canada est vu par beaucoup comme
  un grand modèle de démocratie dans le
  monde, plus particulièrement en ce qui
  concerne l'État de droit! La Cour
  suprême du Canada est une référence
  reconnue mondialement!

- Ce qui pourrait amener la commission
  à se référer à ce modèle pour justifier
  des mesures … coercitives… contre
  nos pays respectifs! Compris! Vous
  suggérez quoi?

- De saboter le futur référendum qui va
  se passer bientôt au Canada, en vue
  d'enterrer cette initiative canadienne
  une fois pour toutes … et de détourner
  l'attention de la Commission de nos
  gouvernements respectifs!

- Et comment comptez-vous faire cela?

- Jamais entendu parler de hackers?
  Pourtant vous et nous en avons de bons
  et même de bons contacts avec ceux du
  pays juste au-dessus de notre tête.

- Je ne suis pas sûr que Poutine accepte!

-   Officiellement? Certainement pas....
    Mais il peut regarder ailleurs, non?

Chapitre 18: Casa Rosada

Évidemment le vol d'Air Canada avait été long et même très long! Avec le changement à Toronto on en était quand même à plus de 20 heures de voyage! Mais il y avait des compensations …surtout en classe affaires! Petit verre de champagne quand vous montez dans l'avion, menu gastronomique, système de divertissement de grande qualité et surtout un fauteuil qui se transforme pratiquement en lit. Alors Frédéric Goyer ne se plaignait pas trop de la longueur du voyage! En fait il avait même dormi comme un bébé et c'est pour cela qu'au lieu de profiter de son lit king au Sheraton Buenos Aires, il préférait déambuler librement sur *l'Avenida Nueve de Julio* par cette belle journée ensoleillée. Il ne connaissait pas la capitale argentine et était, comme tous les visiteurs, non seulement enchanté par la ville, mais charmé par son aspect tellement européen! Il était maintenant en admiration devant le fameux obélisque, symbole de la ville, *Plaza de la República.*

Cependant, il se faisait tard et il avait un important rendez-vous le lendemain avec le Président argentin. Malgré tout, il décida que ce soir, il irait manger un de ces énormes steaks, un impératif en Argentine, pays qui se vantait d'avoir la meilleure viande au monde, au *Rey de la papa frita* comme le lui avait recommandé un ami. Et bien sûr il goûterait au vin du pays, qu'il savait particulièrement bon.

****
****

- Profesor Goyer, bienvenido en Argentina! dit le président Ruis Ramirez, président en exercice de la République argentine.

- Muchas gracias, señor presidente. Es un honor ser recibido por usted aquí en la Casa Rosada.

116

-   Nous pouvons parler français, vous savez, j'ai étudié longtemps au Lycée français de Buenos Aires et j'ai même fait une licence de droit à Paris!

-   Ah, c'est parfait alors, vu que mon espagnol est assez limité.

-   Bien, comme vous le savez, j'ai demandé à votre premier ministre via notre ambassade à Ottawa s'il avait l'intention, comme la rumeur le disait, de poursuivre votre idée au niveau du Canada plutôt qu'au seul Québec et comme sa réponse était affirmative, je lui ai fait part de notre désir de rencontrer la personne, d'une façon informelle, qui initierait les consultations.

-   D'où ma présence ici en Argentine, Monsieur le Président. Ce qui est un plaisir évidemment, mais qui a laissé le premier ministre et ses conseillers, ainsi que moi-même, un peu perplexes quant à vos motivations.

- Vraiment Professeur? Vous rendez-
  vous compte que votre proposition est
  réellement révolutionnaire et risque de
  changer l'état du monde?

- L'état du monde? À ce point-là?

- Bien sûr, car jusqu'à présent les seuls
  mouvements politiques importants
  dans le monde consistent plutôt en des
  accords de libre-échange et on sait tous
  quelles en sont les limites. Regardez
  l'attitude de vos voisins américains
  justement, alors que vous avez avec
  eux un des meilleurs accords jamais
  signés dans ce domaine, soit l'ALENA
  ou Accord de Libre Échange nord-
  américain!

- Oui, ce genre d'accord est
  exclusivement un accord
  économique... qui vient du reste de
  montrer sa fragilité ... quand on est
  «petit» face à un géant comme les
  États-Unis!

- D'où, reprit le Président argentin, notre
  intérêt pour votre proposition!

- Mais, pardonnez-moi Monsieur le président, mais notre proposition ne touche pas l'Argentine ni même l'Amérique du Sud!

- Détrompez-vous. J'étais en conférence téléphonique avec plusieurs de nos voisins, dont le Brésil, et tous étaient énormément intéressés par ce qui se passe chez vous!

- Je ne suis pas sûr de comprendre!

- Je vais vous répondre par une boutade! Savez-vous ce qu'est un Argentin?

- Euh … non!

- Un Argentin, c'est un Italien qui parle espagnol et qui se prend pour un Anglais!

- Ha, ha, elle est bonne! Je comprends maintenant très bien l' intérêt pour notre initiative! Vous avez parfaitement raison, tôt ou tard, elle vous concernera vous aussi.

- Professeur Goyer, c'est un plaisir de vous voir ici, à Cambera, lui dit le premier ministre australien, Gregg McGregor. J'en profite pour vous présenter mon homologue de Nouvelle-Zélande, le premier ministre Charles Bradford, qui était en visite chez nous et particulièrement intéressé aussi à vous rencontrer.

- C'est un grand honneur que vous me faites, soyez-en remercié.

- Bien, reprit le premier ministre australien, venons-en au vif du sujet, la future proposition du Canada! Sachez qu'elle nous interpelle énormément nous aussi en Australie et en Nouvelle-Zélande!

- Malgré, interrompit le professeur Goyer, le Brexit des Britanniques?

- Malgré cela! Sachez que nous pensons que nos amis anglais font une erreur, mais cela les concerne. En ce qui nous concerne et malgré la grande proximité culturelle que nous avons avec les Anglais, nous ne voyons pas ou plus le monde de la même façon. Ici nous sommes loin de l'Europe et même de l'Amérique, mais beaucoup, beaucoup, plus proches de l'Asie et en particulier de la Chine.

-   Vous craignez des actions violentes de la Chine à votre égard?

-   Non, pas une guerre, mais la Chine se fait beaucoup plus «présente» ces temps-ci ... elle est puissante et n'hésite pas à le faire savoir. Et nous nous rendons bien compte aussi que, même si nous avons des territoires énormes, tout comme le Canada, nous avons de faibles populations. Jusqu'à maintenant, nous n'étions pas outre mesure inquiets sauf que la conjonction de la nouvelle attitude chinoise ainsi que de la tentation isolationniste de plus en plus évidente des États-Unis nous met dans une situation inconfortable et c'est là que

tout à coup, cette initiative canadienne
nous interpelle. Bien sûr nous ne
sommes pas près de franchir le pas et
de faire comme vous… mais, repris le
premier ministre néo-zélandais, votre
initiative a soulevé énormément
d'intérêt chez nous et nous allons
suivre la suite des événements de très
près, soyez-en certain!!!!

Chapitre 19: Mentez, mentez, il en restera toujours quelque chose!

<u>Communiqué #   du gouvernement du Canada :</u>

Ce matin le gouvernement du Canada annonce que pour être en mesure de se conformer au traité signé à La **Conférence de Paris de 2015 sur le climat** qui se déroula du 30 novembre au 12 décembre 2015 au Bourget en France **(COP21)** , le Canada interdira l'ouverture de nouveaux sites d'extraction de pétrole bitumineux en Alberta et forcera les compagnies engagées actuellement dans l'extraction de ce type de pétrole, à en diminuer l'exploitation de 10% chaque année jusqu'à la cessation complète des activités et de dépolluer chacun des sites actuellement en production jusqu'à ce qu'ils soient revenus à leur état de pré-extraction.

Le premier ministre Justin Tremblay
comprend que des sacrifices devront être
faits, mais est fier de voir que le Canada
va contribuer ainsi à l'avenir de la planète.

Fait à Ottawa le

Communiqué #   du gouvernement du Canada :

Ce matin le gouvernement du Canada
annonce que pour lutter contre les
subventions à l'industrie aéronautique qui
perturbent le marché de la vente d'avions
dans le monde, le Canada cessera de
financer la compagnie Bombardier de
Montréal et demandera le remboursement
de tous les prêts déjà accordés le plus
rapidement possible.

Le premier ministre Justin Tremblay
comprend l'impact d'une telle décision,
mais les subventions ainsi accordées
troublent les marchés et forcent les
gouvernements étrangers, comme ceux
qui ont une industrie aéronautique comme

Airbus, à faire de même, ce qui finit par coûter cher aux contribuables.

Fait à Ottawa le

Communiqué #   du gouvernement du Canada :

Ce matin le gouvernement du Canada annonce que dans le but de rationaliser les opérations boursières au Canada, le gouvernement supportera et même encouragera la bourse de Toronto à transférer ses actifs vers la bourse de Francfort, dans un but de rationalisation des opérations et donc d'offrir un meilleur service aux Canadiens et Canadiennes qui comptent beaucoup sur les marchés pour leur pension de vieillesse.

Fait à Ottawa le

- Messieurs, mesdames, commença le
chef de SCRS, veuillez prendre place
autour de cette table de conférence.

- Tout d'abord permettez-moi de saluer
notre visiteur, le Cdt Philippe
Larocque, agent de liaison de la GRC
avec nos services du SCRS. Je crois
que notre nouvelle recrue, Monsieur
Edward White, que vous connaissez
bien, a des commentaires intéressants
à vous, nous communiquer ce matin.
Edward, je te cède la parole.

- Merci, Cdt, et bonjour à tous. Oui j'ai
effectivement fait quelques progrès.
Ma mission était, et est toujours, reliée
au futur référendum que le
Gouvernement du Canada souhaite
mettre sur pied bientôt. Toutefois,
suite aux événements de Montréal, le
gouvernement a émis le souhait de
s'informer sur de possibles répétitions
de ceux-ci et nous a donc demandé
d'effectuer une surveillance accrue des
groupes qui pourraient se comporter de
manière violente. Même si à

proprement parler, un référendum ne devrait pas provoquer des réactions passionnelles susceptibles d'inciter à la violence, les événements de Montréal nous ont rendus prudents. Aussi le ministère de la Justice, via un juge, nous a autorisés à utiliser la loi sur le terrorisme pour faire des écoutes électroniques … discrètes! Nous nous sommes concentrés sur le même type de personnes qui aux États-Unis ont été derrière la dérive terroriste de certains membres de la NSA et, si la très grande majorité des gens ainsi surveillés se sont révélés inoffensifs, nous avons quand même repéré un groupe plus actif qui est vent debout contre le projet gouvernemental, même si celui-ci n'est pas encore officiellement lancé. Grâce à nos écoutes, nous avons pu les suivre à la trace jusqu'à un forum du Dark Net, très bien protégé par ailleurs, qui leur permettait d'échanger des idées et des documents entre eux discrètement et voir ce qu'ils préparaient. Je vous rassure tout de suite, pas de menace de bombes ou de meurtres, mais quand même des choses suffisamment inquiétantes que pour alarmer nos services. En fait, ils s'apprêtaient à inonder le Net des fameuses «Fake News» qui ont tant influencé, il y a peu, les élections aux États-Unis. Leur but était de faire circuler de faux communiqués, prétendument en préparation au gouvernement, pour faire croire à des terribles décisions que le gouvernement se préparerait à prendre en cas de victoire au référendum, mais qu'il tiendrait cachées pour le moment. Évidemment beaucoup de gens se montreraient sceptiques à la lecture des prétendus documents gouvernementaux mais leur diffusion par des journaux « amis » en pleine campagne référendaire aurait quand même un impact significatif qui pourrait faire basculer le vote d'un côté plus que de l'autre. Heureusement, nous les avons trouvés à temps et le ministère de la Justice va procéder à des mises en accusation pour faux et usage de faux rapidement, ce qui

devrait annuler leur potentiel de
nuisance.

- Mais pourquoi ces agitateurs veulent-
ils, à ce point saboter cette possibilité?
ne put s'empêcher de questionner
Philippe. Après tout, quel que soit le
résultat, nous restons entre pays
profondément démocratiques!

- Oui, c'est vrai Philippe lui répondit
Edward, mais je connais ce type de
personne... il y en a malheureusement
beaucoup aux États-Unis. Ce sont ce
qu'on appelait avant, des anarchistes.
Pour eux, toute forme de
gouvernement est illégale. Les gens
devraient pouvoir décider tout par eux-
mêmes sans qu'une autorité
quelconque ne puisse les en empêcher.

- Bon, OK, mais même si je trouve leurs
idées on ne peut plus farfelues, en
principe ce ne sont que des idées et
elles ne devraient pas constituer un
danger quelconque pour la société!

- Vraiment Philippe, rétorqua Edward devant un parterre de gens que l'échange passionnait, pense seulement au site du Dark Net appelé « The Silk Road » où tout pouvait s'acheter et se vendre qui était mené par un anarchiste notoire qui prétendait que c'était à chacun de choisir ou non de consommer de la drogue. Ce site a envoyé à la mort des milliers de personnes avant d'être fermé et son gestionnaire condamné à deux peines de prisons à perpétuité!

- Très bon argument!. Il faut que les gens soient capables de prendre leurs décisions, quelles qu'elles soient, en toute liberté sans se faire influencer par ce genre de fausses nouvelles. Très bon travail, Edward et vous messieurs. Je vais transmettre vos trouvailles à mes chefs et soyez- sûr que le premier ministre en sera informé! Euh … Cdt Larocque, monsieur White et moi- même souhaiterions nous entretenir avec vous… d'un sujet délicat, que nous n'avons pas évoqué dans cette

réunion. Avez-vous un peu de temps à
nous consacrer? Si oui, nous pourrions
aller dans mon bureau alors, finit le
chef du SCRS.

- Bien, Cdt Larocque, nous avons à vous
  parler d'un sujet assez délicat,
  commença le chef du SCRS, en
  invitant ses hôtes à s'asseoir. Comme il
  s'agit de ton initiative, Edward, je te
  laisse l'expliquer au Cdt.

- OK. Tu sais exactement comment et
  surtout dans quelle circonstance je suis
  arrivé ici.

- Oui, oui, mais où veux-tu en venir?

- Avant tout ça, comme tu sais, je
  travaillais pour la NSA.

- Oui.

- Cette agence s'est comportée d'une
  façon que je qualifierais d'inadéquate,
  d'où mon engagement avec vous.

-   Oui, mais c'était quand même le fait de
    certains individus isolés et non pas de
    l'ensemble du gouvernement
    américain.

-   Exact, mais ça te souligne combien il
    est facile pour un agent secret de
    «déraper».

-   Oui, je comprends cela, mais je ne
    comprends toujours pas où tu veux en
    venir.

-   Bon, tu vas comprendre rapidement.
    Mon mandat avec le SCRS est de
    traquer les gens malhonnêtes qui
    veulent saboter le référendum, ce que
    j'ai fait avec les résultats que tu
    connais. Cependant, durant cette
    traque, j'ai aussi découvert certaines
    anomalies qui d'une manière ou d'une
    autre sortaient de mon mandat parce
    qu'elles pourraient concerner des
    gouvernements étrangers.

-   Oh là, mais c'est grave cela!

-   Tout à fait. Mais je refuse de faire quoi
    que ce soit dans la clandestinité, nous
    agents secrets, nous devons encore
    plus que les citoyens ordinaires, être
    au-dessus de tout soupçon.

-   Donc, tu veux la bénédiction du
    gouvernement pour une action …
    clandestine.

-   Oui, mais non-violente et destinée à
    donner une leçon à des gouvernements
    qui ne s'embarrassent pas de scrupules.
    Alors le commandant Larocque et toi
    irez voir le ministre et peut-être même
    le premier ministre, pour avoir leur
    bénédiction.

-   À quoi penses-tu exactement?

-   Voilà, je t'explique.

Ce que fit Edward! Et effectivement son
plan était excellent … mais un peu limite
côté légal, d'où son insistance pour avoir
le support des plus hautes instances du
gouvernement.

Ce qu'il obtint juste quelques jours plus
tard.

Chapitre 20: Welcome in the United States of America.

- Bienvenue à Washington, dit le sénateur républicain John McConnaghan, à son visiteur, le Dr Frédéric Goyer. Veuillez prendre place dans ce fauteuil... mon état physique et mon âge ne me permettent pas de rester debout longtemps.

- C'est un honneur pour moi de vous rencontrer sénateur lui répondit le Dr Goyer, en prenant place dans un des larges fauteuils qui meublaient le bureau du sénateur, mais que me vaut cet entretien?

- Je voulais rencontrer la personne à l'origine de cette future initiative canadienne et bien sûr, une fois de plus, présenter mes excuses personnelles mais aussi celle de mon parti, pour les actes on ne peut plus

insensés faits au Canada qui est
notre meilleur et plus proche ami.
Même si ces actes ne sont pas
consécutifs à une décision du
gouvernement américain, je m'en
sens responsable.

- Sénateur, vos paroles sont appréciées
et connues au Canada. Pour nous,
vous êtes certainement l'un des
meilleurs et des plus avisés sénateurs
des E.U. conclut Goyer.

- Merci, professeur! Mais en dehors de
cela, je voulais discuter avec vous du
pourquoi de cette initiative, même si,
hélas, je pressens votre réponse. En
deux mots, pourquoi ne nous prenez
vous pas en considération dans cette
initiative? Nous sommes juste au sud
de votre frontière et, de plus, nous
sommes vos plus grands partenaires
commerciaux?

- Bon, je n'ai pas mandat à représenter
le Canada sur cette question, mais je
puis néanmoins vous relater ce qui se

dit chez nous. En fait, même si à bien
des égards vous nous ressemblez
énormément avec votre population
essentiellement d'origine européenne
- avec bien sûr les Afro-Américains
et les citoyens issus de l'immigration
- l'histoire de nos pays nous ont petit
à petit conduit sur des voies
diamétralement opposées, ce qui pose
un énorme problème puisqu'étant 10
fois plus nombreux que nous, les
chances réelles de pouvoir vous
influencer sont, admettez-le, quand
même faibles.

- C'est vrai, mais en quoi notre mode
de vie serait-il tellement différent du
vôtre pour que vous ne puissiez pas
vous y adapter?

- Comment dire cela? D'une certaine
manière ce qui se passe aux États-Unis
maintenant -et ce sans compter
l'histoire de l'attentat de Montréal-
s'apparente à la vraie fin de la Seconde
Guerre mondiale lorsque les États
Unis, qui n'avaient jamais voulu

s'engager dans la guerre, y furent
contraints à cause de l'attaque de Pearl
Harbor. La mission est terminée et
maintenant il est temps de se retirer des
affaires du monde pour revenir à ce qui
vous concerne à savoir l'America first
et donc le retour à l'isolationnisme. Ce
n'est pas le désir du Canada, qui lui est
ouvert au monde et s'en sent solidaire.
De plus les tendances profondes de
l'Amérique sont vraiment très à droite
alors que le Canada est plus à gauche.
Je prends pour exemple la gratuité des
soins médicaux au Canada versus
l'Obamacare qui, même s'il est loin
d'être au niveau du système canadien,
a quand même failli être aboli… sans
votre intervention, entre autres.

- C'est exact, mais votre système pour
  tous ne fonctionne pas vraiment de
  façon optimale, non?

- C'est exact, mais le vôtre encore
  moins, même si les dépenses en santé
  aux E.U. par tête d'habitant sont plus
  élevées qu'au Canada.

- Bon, c'est vrai, mais à part certains détails, importants certes, mais pas vraiment significatifs, nous sommes quand même très semblables non? Il suffit de voir le nombre de Canadiens qui viennent chez nous passer l'hiver.

- Oui, sénateur, nous nous ressemblons en gros, mais dans le détail, c'est une autre histoire! Regardez seulement cette problématique sur les armes à feu. Impensable chez nous! Ensuite cette approche très virulente de toutes les actions gouvernementales par nombre de vos concitoyens qui répètent à l'envi que le gouvernement n'est pas la solution mais le problème! En d'autres termes, nous nous ressemblons effectivement beaucoup, mais nos différences de vision sont quand même fondamentales, tellement fondamentales et nous avons la conviction que nous ne pourrons rien changer de toute façon. Il nous est dès lors impensable d'aller de l'avant avec vous *maintenant*, sur la présente initiative du Gouvernement canadien, nonobstant l'attentat de Montréal. J'ai l'impression que les EU sont dans une sorte de cul-de-sac idéologique et qu'ils n'arrivent pas à évoluer. Les pouvoirs et contre-pouvoirs en action chez vous sont tels qu'il en résulte une sorte d'immobilisme. Encore une fois regardez le problème des armes à feu alors que malgré 10.000 morts par an, rien absolument rien n'est fait pour au moins limiter l'accès aux armes aux gens les plus dangereux!

- Je craignais en fait ce que vous venez de dire et ne peux qu'être d'accord avec vous sur cet argumentaire... cependant je note avec satisfaction que vous avez dit … *maintenant* … en parlant de nous et de l'initiative du Canada.

- Oui, mais pourquoi relevez-vous cela ?

- Parce que justement ce *maintenant* est pertinent! Et je peux vous assurer que nous allons vous suivre avec beaucoup d'attention, mais aussi, et cela je veux que vous le disiez à votre gouvernement, avec beaucoup de bienveillance, car tôt ou tard, nous ferons la même chose. L'histoire est là et va dans la même direction, pour vous comme pour nous. Alors je vous souhaite bonne chance à vous, à votre gouvernement et, bien sûr, à votre peuple!

Chapitre 21: Et pourquoi pas des vacances à Varsovie?

- Kotlet schabowy? Pour moi ce sont juste des côtelettes de porc amincies, panées et baignées dans l'huile de tournesol, dit Philippe.

- Oui, mais avoue quand même qu'elles sont différentes de celles d'Ottawa! Ne me dis pas que je t'ai amené jusqu'ici, à Varsovie, pour que tu manges de simples côtelettes de porc au même goût qu'au Canada, ajouta Edward. Tu aurais quand même pu prendre quelque chose de plus polonais non?

- Comme quoi, questionna encore Philippe.

- Je ne sais pas moi, du Borch par exemple!

- Désolé, mais le Borch, c'est Ukrainien!

- Ho vraiment? Alors du Zrazy wolowe!

- Du quoi? questionna Philippe, tu ne sais même pas ce que c'est!

Edward rit de bon cœur.

- Boulettes de viande hachée panées, lui dit, hilare, Edward, mais voilà nos invités.

Effectivement, deux hommes dans la quarantaine bien avancée se frayèrent un chemin au travers des tables du petit restaurant de Varsovie, vers les deux compères.

- Cdt Philippe Larocque et monsieur Edward White, de la GRC et du SCRS canadiens. Bienvenue en Pologne, Messieurs. Pouvons-nous prendre place?

- Messieurs Adam Szymanowski et László Horvath des services polonais et hongrois! Mais bien sûr, messieurs, prenez place, nous vous attendions justement.

- Je vois que vous nous connaissez, dit étonné, le dénommé Adam, mais que nous vaut cette visite ici à Varsovie? Une envie de faire du tourisme? dit-il ironique.

- Non, seulement une visite de politesse à des collègues.

- Une visite de politesse, s'enquit László? Vous nous intriguez, là.

- Disons que nous voulions être discrets et vous faire part de certaines choses, pour le moins gênantes.

- Mais encore, renchérit Adam.

- Bon, intervint Edward, allons donc droit au but. Comme vous le savez, le Canada procédera bientôt à un référendum sur l'avenir du pays.

- Oui, nous sommes au courant mais il s'agit d'affaires intérieures au Canada non? insista László. En quoi cela nous concerne-t-il?

- J'y arrive. En fait, comme dans tout référendum, il y a des gens «pour» et des gens «contre» et c'est très bien comme ça... sauf qu'il arrive parfois que certaines personnes ne jouent pas vraiment le jeu et font des choses … pas très légales, pour aider leurs camps respectifs!

- Mais encore, demanda Adam, cette fois-ci visiblement sur ses gardes.

- Comme utiliser des hackers pour dévaliser les comptes e-mail personnels et professionnels du premier ministre du Canada ainsi que de beaucoup de membres du parlement et de supporteurs du «Oui». Bizarrement pas de piratage dans le camp du non! Et en plus,

ces comptes sont modifiés
subtilement.

- Que … voulez-vous dire? demanda
László, de plus en plus nerveux.

- Comme par exemple changer un
message envoyé par un ministre à
sa secrétaire de façon à ce qu'un
simple rendez-vous de travail
devienne un rendez-vous
amoureux… ou de dire à une grosse
compagnie que oui le premier
ministre peut les recevoir et leur
demander en même temps une
contribution à la caisse électorale
du parti!

- Heu, je vois, intervint Adam, mais,
heu, en quoi cela nous concerne-t-
il?

- Parce que nous avons pu remonter
jusqu'aux hackers et j'ai le regret
de vous informer qu'ils étaient tous
basés ici en Pologne et en Hongrie!
De plus, et c'est la raison de notre
présence ici, nous pensons que ces

pirates agissent ainsi pour faire du chantage au gouvernement du Canada. Nous avons aussi trouvé autre chose qui vous concerne au premier chef.

- Mais… mais quoi?

- Des courriels de vos premiers ministres et de leurs adjoints. Eux aussi probablement trafiqués, car ils contiennent des propos extrêmement dérangeants, et même carrément racistes sur les immigrants mais aussi sur les juifs de même que sur beaucoup de dirigeants européens, comme madame Merkel, qualifiée de p…!

- Je vous assure que jamais nos dirigeants … rétorqua, affolé, Adam.

- Mais nous en sommes sûrs! Voilà pourquoi nous voulions vous voir discrètement! Dans cette clé USB vous trouverez les messages dont nous vous parlions ainsi que les

adresses IP des pirates
informatiques. Je suis sûr que vous
y mettrez bon ordre!

- Soyez-en assuré, rétorqua Adam.
  Messieurs, je vous remercie de nous
  avoir avisés. Nous allons veiller à
  ce que cela ne se reproduise plus.
  Sur ce, je vous souhaite bon appétit,
  finit-il en se levant.

- Ils ont marché? Tu crois? demanda
  Philippe.

- Marché? Tu veux dire courir, non?
  Ne t'inquiète pas, lui dit Edward,
  on n'aura plus de problèmes avec
  eux.

- Je l'espère! En tout cas merci, il
  semble que tes compétences très
  NSA nous ont bien servies!

-   Erreur mon ami, ce sont des compétences SCRS maintenant! Et je crois qu'on nous attend à l'ambassade! Nous avons une conférence téléphonique avec le Canada dans une heure et bien sûr un avion à prendre ce soir pour Ottawa, conclut-il.

Chapitre 22: Le marché By à Ottawa, vous y trouvez vraiment de tout!

- Alors comme ça, tu n'as même pas pris le temps de visiter Varsovie, la ville Phénix, comme on l'appelle? demanda Olivia.

- La ville phénix? Pourquoi phénix? questionna Ed.

- Parce que près de 80% de la ville a été détruite durant la Seconde Guerre mondiale, et qu'elle a réussi à renaître de ses cendres depuis!

- Impressionnant, mais malheureusement, vu le caractère un peu spécial de notre mission là-bas, le SCRS ne voulait pas nous y voir traîner trop longtemps! fini, laconique, Edward.

- Et le résultat de la mission était-il à la hauteur de vos espérances?

- Oh que oui, mais …

- Tu ne peux pas m'en dire plus! C'est incroyable comme tu ressembles de plus en plus à mon frère!

- Comment ça?

- Lui non plus ne veut rien me dire. Et en plus il ne veut pas qu'on sorte!

- Ah, tu vois qu'on est quand même différent, non? Je sais qu'il y a toujours un risque potentiel, mais il est certain que personne aux EU ne me recherche plus, du moins officiellement.

- Bon, alors on sort ce soir, pour fêter enfin nos retrouvailles? Où?

- On va au marché By, à 10 minutes d'ici, j'ai fait une réservation dans un des meilleurs restaurants, le Vittoria Trattoria, un restaurant italien très bien côté et tu verras qu'il n'y a pas qu'à Montréal qu'il y a de bon restaurants!

- Ça, j'en doute! dit-elle en riant.

Et ils sortirent heureux d'être ensemble à nouveau sans avoir à se cacher. Leur hôtel étant situé à quelques minutes de marche du Marché By, ils s'y retrouvèrent rapidement. Ed ne l'avait jamais vu, alors Olivia, toute Montréalaise qu'elle était, n'hésita pas à le lui faire visiter. Comme c'était l'un des plus vieux et des plus grands marchés publics du Canada, ils passèrent pas mal de temps à le visiter et surtout à regarder les étalages de légumes, de vêtement et autres bijoux, qui s'offraient à eux. L'ambiance était joyeuse, la température superbe et après avoir profité un bon moment de leur liberté, ils finirent par s'asseoir à une terrasse pour siroter une bonne bière avant de se rendre au Vittoria Trattoria pour le repas.

Ils étaient heureux de sortir et de se retrouver et tellement soulagés que toute cette histoire soit enfin derrière eux. Olivia n'avait heureusement pas d'autres séquelles de son accident que quelques

cicatrices et pour Ed, c'était comme
repartir au moment où elle l'avait quitté à
Montréal, mais en évitant les événements
qui avaient suivi.

Ils étaient simplement enchantés et leur
joie rayonnait autour d'eux.

Ils prirent tout le temps d'explorer le riche
menu du restaurant et firent bombance.

C'est vrai qu'ils abusèrent un peu du vin,
mais qu'importe, leur hôtel n'était qu'à
quelque minutes à pied, alors, où était le
problème?

Ils sortirent relativement tard du
restaurant. Il était presque minuit et il
faisait très noir dehors, de gros nuages
bloquant la lumière de la lune. Et comme
on était en milieu de semaine, les rues
étaient désertes.
Ils étaient un peu «éméchés» aussi ne se
rendirent-ils pas compte qu'ils étaient
suivis!

Ils allaient tourner le coin de la rue quand deux individus leur sautèrent dessus, un type gigantesque qui jeta sauvagement Olivia par terre et un autre, qui pointa un énorme Pistolet Smith & Wesson 9mm, sur Edward.

- Alors salopard, on ne salue plus les amis? dit l'agresseur à un Edward stupéfait.

- Jeff? Mais bon sang, que fais-tu ici?

- Espèce d'ordure, tu croyais que tu allais t'en tirer comme ça? Tu trahis ton pays, le directeur Martin se fait tuer à cause de toi et comme les hommes des Satan's Wolf, tu me forces à fuir avec le FBI aux fesses. Comment oses-tu me demander ce que je fais ici? Mais je viens te tuer, mon AMI! Mais avant, regarde ce que mon copain va faire à ta pétasse, dit-il, en forçant Ed à tourner la tête vers Olivia.

Ledit copain, un type de facilement 2 mètres et 180 kilos, avait violemment frappé Olivia qui gisait à terre face à lui. Il s'était redressé et venait de descendre son pantalon d'où avait surgi un énorme pénis. Son intention était évidente! Mais, malgré le coup violent qu'elle venait de recevoir, Olivia n'avait pas lâché son sac et lorsque la montagne de graisse se pencha vers elle, elle sortit prestement de son sac un petit Beretta et tira une première balle en plein dans l'organe hypertrophié du colosse, qui hurla de douleur! Pas longtemps car Olivia lui colla une deuxième balle en plein dans le front. Il tomba lourdement à la renverse, en faisant un bruit énorme ce qui détourna l'attention de Jeff une fraction de seconde permettant ainsi à Edward de lui coller ses deux poings dans la figure, lui faisant littéralement faire un vol plané arrière et tomber sur le dos. Déjà, il cherchait à se redresser et pointa son arme sur Edward, mais un poil trop tard!

Ed fonça sur lui et lui donna un gigantesque coup de pied dans la mâchoire, ce qui envoya la tête de Jeff violemment en arrière heurter le bitume! Il

y eut un craquement sinistre suivi d'un
flot de sang.

Pas besoin d'être médecin pour voir que
Jeff n'était plus avec eux.

Immédiatement Edward courut vers Olivia
qui s'était redressée et lui souriait.

-    Pas mal pour une hôtesse de l'air, non?
     dit-elle, mon petit frère avait quand
     même raison de me donner ce petit
     revolver, sans te le dire, hein?

Mais son visage changea soudainement en
se déformant quand elle réalisa ce qui
venait de se passer.

Et elle se mit à crier.

Déjà Ed la prenait dans ses bras et Olivia
se mit à trembler de tous ses membres et à
sangloter.

Il la serra fort et lui caressa le visage et les
cheveux.

Puis les tremblements cessèrent et Olivia
ne mit à pleurer doucement.

Edward la serra encore plus fort.

Dieu qu'il l'aimait!

Au loin les sirènes de police se faisaient
entendre

- **Chapitre 23: Vous aimez la cuisine chinoise? Attention, elle peut être surprenante parfois.**

Donc, si vous aimez la cuisine chinoise, il vous est plus que recommandé de dîner chez Monsieur HO, rue du Théâtre, à Paris. Vous serez enchanté! Il vous est particulièrement recommandé de choisir un des plats suivants :

[6]*Fleurs de courgettes aux corps de tourteaux 30 €*
Suprême de Sichuan 15 €

Planètes de langoustines aux truffes 44 €
Grillés de raviolis aux fines herbes chinoises 16 €
Cuisses de grenouilles sautées au sel et

---

[6]   Menu du Restaurant CHEN Paris 15, rue du Théâtre 75015 Paris

poivre de Sichuan 40 €
Fleurs de courgettes aux corps de
tourteaux 30 €

Puces de langouste sautées au gingembre
62 €
Turbot aux saveurs extrêmes 38€

Panier végétarien « esprit toit du Monde »
44 €

Demi-canard Pékinois « Mr Ho » en 3
services (2 pers.) 75 €
Poularde de Bresse au curry 37 €
« Ma Po Dou Fu » 28 €
Morceaux de bœuf choisis montagnard 42
€
Pigeonneau de Mieral aux cinq parfums
38 €

Délices en gelée aux amandes 12 €
Figues rôties à la confiture de mangue 12
€
Fondant de poire au vin de lychee 12 €
Chaud / Froid de pommes vertes, coulis
de fruits rouges 12 €
Boules de neige parfumées à la noix de

coco 12 €
Tang yuan aux fleurs de lauriers 12 €

Monsieur et Madame Ho vous recommandent en particulier le Canard de Pékin qui a fait la renommée de leur restaurant.

Tout le monde vous le dira, ce sera une expérience inoubliable! Les Ho sont de fantastiques cuisiniers et tout leur personnel est originaire de leur province d'Origine, le Sichuan. Tous sauf un, Nguyen, étudiant en droit à La Sorbonne, dont la mère était bien chinoise, mais le père vietnamien et qui était serveur à temps partiel chez Monsieur Ho.

Il était très satisfait de ce petit boulot, mais trouvait quand même les Ho des plus surprenants. Il avait même parfois l'impression qu'ils travaillaient dans leur restaurant 24 heures par jour! Enfin

Madame Ho surtout, parce que monsieur
Ho, même s'il n'était pas si vieux que ça,
souffrait de palpitations cardiaques et
quand malgré ses médicaments son cœur
battait la chamade, il n'avait pas d'autre
choix que de rentrer chez lui et de s'aliter.
Des fois, ces épisodes duraient une
journée et parfois plus. Madame Ho était
désolée, ce qui naturellement ne
l'empêchait absolument pas de pousser
ses employés plus fort pour compenser
l'absence de son mari!

Et justement Monsieur Ho venait de
quitter le restaurant, en proie à une crise
de palpitation soudaine.

Voyant cela, Nguyen décida de prendre
rapidement une petite pause avant que la
patronne ne lui tombe dessus.

Dehors, il saisit son téléphone et appela …
sa maman (enfin c'est ce qu'il dit à son
compère qui fumait une cigarette pas loin

de là) … à qui il conta la soudaine crise de monsieur Ho!

****

Pendant ce temps, le professeur Goyer rencontrait discrètement, dans un grand hôtel de Paris, un ancien président de la République française qui était encore très influent en France bien sûr, mais aussi en Europe en général.

-   Donc, si je ne m'abuse, cette idée est bien la vôtre et elle vous serait venue en mangeant … une pizza? s'esclaffa l'ex-président français.

-   Tout à fait, Monsieur le Président, lui répondit le Professeur Goyer. Un étudiant m'avait mis au défi de régler un problème politique interne au Québec et piqué au vif, je lui ai proposé une réponse, persuadé que tout s'arrêtera là!

-   Au contraire, ce fut le début d'une grande épopée ! Est-ce que cet étudiant ne serait pas un certain … Jacques Dubois?

-   Exactement, Monsieur le Président! Comment savez-vous cela?

-   Parce que tout comme vous, il est venu me voir pour obtenir mon soutien.

-   Vous le lui avez donné?

-   Non, je lui ai dit que j'aimais beaucoup l'idée, mais que le séparatisme par contre, ne me convenait pas et était plutôt mal vu ces temps-ci en Europe en particulier en ses temps de Brexit et de Catalogne! Évidemment, il était déçu.

-   Et en ce qui concerne le Canada?

- Vous avez toute ma sympathie! Vous
n'imaginez pas le prestige dont jouît
le Canada ici en Europe! Alors je
vous garantis non seulement mon
support, mais que beaucoup de
monde sera d'accord avec moi là-
dessus.

****

Dire que Frédéric Goyer était heureux
de cet entretien était un euphémisme!
En fait, il flottait pratiquement sur un
nuage. Avoir le soutien entier d'un
personnage comme celui qu'il venait de
rencontrer plaçait tout à coup son idée
sur une lancée fantastique. Et déjà
Frédéric Goyer se mettait à rêver au
«grand soir» quand … quand …

Alors qu'il se dirigeait vers sa voiture
dans le stationnement de l'hôtel et qu'
il faisait nuit, toujours sur son petit
nuage, il ne les vit pas arriver. Il il faut

164

dire que c'étaient des pros. Ils se jetèrent sur lui et en un clin d'œil, il se retrouva ligoté au sol. Déjà les trois individus, d'allure chinoise, le soulevaient pour l'embarquer dans la voiture quand surgit, comme venue de nulle part, une voiture d'où débarquèrent quatre types bien baraqués, revolver à la main.

-    Main en l'air hurla l'un d'entre eux. Police française. Tous à plat ventre.

Aucun d'entre eux n'était en uniforme, mais une autre voiture, celle-là bien identifiée comme voiture de Police arriva et en moins d'une minute les trois Chinois étaient menottés et embarqués dans le véhicule qui démarra en trombe.

Le Professeur Goyer, lui, avait été libéré de ses entraves et n'arrivait toujours pas à comprendre ce qui venait de se produire.

-    Mais bégayait-il, qui … qui êtes-vous?

- Je m'appelle Jacques Desrosiers,
  Monsieur Goyer, et je suis de la DGSI,
  la Direction générale de la Sécurité
  intérieure, le service de renseignement
  du ministère de l'Intérieur français.

- Mais … mais pourquoi êtes-vous là,
  justement au moment où je suis
  agressé?

- Parce que nous vous suivions! Nous
  avons reçu l'information que le
  service «Action» des services secrets
  chinois en France, allait tenter quelque
  chose. Leur patron, un certain Mr.Ho,
  était déjà suivi par nos services ...
  nous avons compris rapidement quand
  on les a vus se planquer dans l'aire de
  stationnement de l'hôtel

- Mais pourquoi moi? Que me voulaient-
  ils?

- Probablement vous tuer, en organisant
  un faux accident!

- Me tuer? Mais pourquoi?

- Parce que, Monsieur Goyer, votre idée
ne plaît pas à tout le monde et nous
avons eu vent que la Chine cherchait à
gagner du temps pour mettre au point
sa stratégie en cas de réussite de votre
plan. Vous devez comprendre, du
moins c'est ce qui se dit chez nous, que
la Chine a de très grosses ambitions
plus ou moins hégémoniques sur le
Sud-est asiatique et qu'elle elle a pas
mal de difficultés à réaliser cette
ambition à cause de la présence
américaine dans la région. Elle ne veut
donc surtout pas qu'une autre super
puissance occidentale n'apparaisse
dans le coin.

- Ouf! Là je dois dire que je suis
impressionné! Que dois-je faire? Je
partais justement pour Bordeaux y
rencontrer un ancien premier ministre
de France qui est très sympathique à

notre cause. Y aller pourrait-il le
mettre aussi en danger?

-   Non, parce qu'à partir de maintenant,
    vous serez toujours accompagné par
    nos agents. Nous allons aussi faire
    savoir à la Chine que nous n'avons que
    très moyennement apprécié leur action
    ici en France. Bien sûr, ils nieront,
    mais elle se tiendra à carreau.

Chapitre 24: La route de la soie

Tous! Ils étaient tous venus, les TVA, RC, RDI, CTV, TV5, mais aussi les BBC , CNN, NBC et autre CBS et même Tf1, la RTBF… bref pratiquement toutes les télés de la planète qui avaient des représentants à Ottawa! Même Al Jazeera, ce qui n'est pas peut dire sur l'importance octroyée à l'événement! En fait il s'agissait d'une conférence de presse du premier ministre du Canada.

En principe donc, pas un événement mondial! En principe…!

- Mesdames, mesdemoiselles, messieurs, bonjour, commença le premier ministre Justin Tremblay, il est rare pour une personne et même pour un premier ministre, d'avoir la sensation d'écrire l'histoire, et pourtant c'est ce qu'au nom du gouvernement du Canada, je m'apprête à faire aujourd'hui devant vous. Mais avant d'entrer dans le vif du sujet, je voudrais faire appel à vos connaissances d'histoire et vous parler d'une route mythique dans l'histoire humaine à savoir la route de la soie, route qui relia l'Empire romain l'Orient à l'Occident. Cette [7]«route de la soie» désignait un réseau ancien de routes commerciales entre l'Asie et l'Europe, reliant la ville de Chang'an (actuelle Xi'an) en Chine à la ville d'Antioche, en Syrie médiévale (aujourd'hui en Turquie). Elle tire son nom de la plus précieuse marchandise qui y transitait: la soie.Cette route était un faisceau de pistes par lesquelles transitaient de nombreuses marchandises et qui monopolisa les échanges est-ouest pendant des siècles. Les plus anciennes traces connues de la route de la soie comme voie de communication avec les populations de l'Ouest, remontent à l'an 2000 avant notre ère au moins.

---

[7]   De Wikipedia

Dans l'histoire humaine, cette voie était bien plus qu'une simple voie commerciale. Il y a transité beaucoup de «marchandises» moins tangibles que la soie comme la culture, la connaissance, etc. Grâce à cette voie, des mondes différents se sont rencontrés et ont appris à se connaître. La route de la soie, d'une certaine manière, représente la civilisation elle-même et c'est pourquoi je la cite aujourd'hui, car il y a beaucoup de similitudes entre cette voie mythique et ce que nous, Canadiens, sommes prêts à proposer. Comme dans le cas de la route de la soie qui apporta beaucoup plus que seulement de la soie, notre proposition va dépasser le cadre d'un simple accord de libre-échange, car nous voulons parler de civilisation et de construction d'un Nouveau Monde et lutter contre le chaos actuel en unissant les forces vives de nations qui partagent les mêmes valeurs démocratiques que nous. Dans ce monde où les dictatures, ce fléau du passé, reprennent des forces, dans ce

171

monde où les puissants oublient leur rôle de pacificateurs et où un accord signé -comme celui du libre-échange avec les États-Unis- n'a pas plus de valeur que le papier sur lequel il est écrit, dans ce monde où le plus dangereux métier est celui de journaliste, dans ce monde où le fanatisme religieux va si loin qu'il en oublie même son premier commandement qui est: *tu ne tueras point*, dans ce monde qui pourtant a tout pour évoluer et qui maintenant considère que la vérité n'est qu'une opinion parmi d'autres, dans ce monde... les humains qui croient en la liberté et en la démocratie doivent absolument s'unir, non pas pour dominer les autres, mais pour bâtir des institutions suffisamment solides pour protéger l'homme de l'homme.

C'est pourquoi, aujourd'hui, nous lançons le référendum sur notre avenir à tous. Mais je dois tous vous avertir que la route de la soie a aussi donné des effets pervers tels «The Silk road» sur le Dark Net, là où toutes les drogues pouvaient se vendre et s'acheter. Nous ne tolérerons pas l'usage des «fake news» comme ces faux communiqués du gouvernement du Canada que certains libertariens veulent rendre public et qui prétendent que le Gouvernement du Canada s'apprête à interdire le pétrole des sables bitumineux de l'Alberta pour se conformer à l'accord de Paris (Cop 21) ou encore envisage d'annuler les prêts à l'avionneur Bombardier pour ne pas fausser l'offre mondiale ou même encore se déclare prêt à transférer la bourse de Toronto à Francfort!

Tous ces «communiqués» sont des faux, faits pour vous influencer dans vos choix, chers concitoyens.

Tous, vous avez le droit d'être pour ou contre l'option que nous vous proposons, mais le gouvernement du Canada fera en sorte que votre choix soit libre en votre âme et conscience et poursuivra devant les tribunaux toute

personne ou société qui utilisera
sciemment des informations qu'elle
sait fausses pour soutenir un camp ou
l'autre.

Mesdames et messieurs, finit le
premier ministre, ne vous y trompez
pas, ce dont je vous parle dépasse le
simple référendum que je souhaite
évidemment victorieux car il excède le
simple accord commercial sur la
quantité de tonnes de viande de bœuf
que nous voulons vendre ou du nombre
d'avions que nous souhaitons
commercialiser! Ce dont je vous parle
est comparable à la route de la soie qui
a tant influencé notre civilisation et ce
bien au-delà du seul matériau «soie»,
ce dont je vous parle, c'est…
justement, de civilisation!

Je vous souhaite d'agréables débats
durant ce référendum.

Chapitre 25: À l'ouest de La Mecque

«Mes frères, disait le message sur Télégramme, là-bas à l'ouest de La Mecque, les mécréants s'organisent pour défier Allah le Plus grand et veulent se renforcer pour nous éliminer, nous ses Soldats! Nous ne pouvons pas les laisser faire! L'union des mécréants c'est haram, interdit! Vous qui êtes prêt au sacrifice ultime, vous ferez ce qu'il faut pour que ce projet n'aboutisse pas et qu'ils aillent tous en enfer. Allahou Akbar »

Heureusement, Olivia et Ed se trouvaient dans un hôtel de bonne catégorie, c'est-à-dire bien isolé, car le couple se disputait.

- Non, disait l'homme, je ne veux pas
  que tu y participes activement, c'est
  trop dangereux.

- Mais non! Jeff est maintenant mort,
  tout comme le dernier des Satan's Wolf
  et la NSA est sous la pression
  d'enquêtes internes du FBI. De plus
  personne là-bas ne t'en veut
  personnellement!

- Ce n'est pas la NSA qui me fait peur ni
  personne aux E.U. Ils vont tous se tenir
  à carreau, les dégâts politiques étant
  suffisants comme ça.

- Mais alors?

- Je ne sais pas, je sens comme une
  menace, quelque chose qui
  m'oppresse! Sais-tu que le professeur
  Goyer, l'envoyé spécial du premier
  ministre Tremblay, a été attaqué en
  France?

- Oh, mon dieu, répondit-elle, attristée, il
  m'avait donné un cours de gestion à

l'Université de Montréal, il y a
quelques années! Il a été blessé?

- Non, heureusement, la DGSI est
intervenue à temps!

- Mais qui voulait cela?

- Apparemment les Chinois n'aiment
pas trop l'idée que précisément tu
veux défendre publiquement!

- Les Chinois ne vont quand même pas
s'en prendre à moi ici au Canada, non?

- Non, je crois que les Chinois se sont
fait dire de se calmer, mais mon
instinct me dit que ce n'est pas fini.
Cette idée dérange trop de monde.

- Mais beaucoup l'aiment aussi!

- Justement, plus les gens l'aiment et
plus les malades mentaux, et crois-moi
il y en a beaucoup sur cette planète,
verront cela comme une provocation!

- Mais qui?

- Sais pas, mais je t'en supplie, n'y va
  pas!

- Et toi, tu y vas bien, non?

- Oui, mais moi, je saurai me défendre.

- Ah oui? Comme la dernière fois?

Il avait voulu vérifier lui-même les lieux,
et en qualité d'agent du SCRS, il n'avait
pas été difficile de convaincre ses patrons
de le laisser faire, même si ceux-ci ne
comprenaient pas vraiment où était le
problème!

- Ed, lui avaient-ils dit, tout le monde va
  être fouillé avant d'entrer, donc pas
  d'arme ni d'explosif! De plus le
  bâtiment va être patrouillé à l'aide de
  chiens détecteurs d'explosif. Tu n'as
  pas à t'en faire!

Mais il avait quand même insisté. Alors ils
l'avaient laissé faire, sachant qu'Ed était

un agent exceptionnel et que sa femme et
lui seraient là! Alors …!

Alors, rien ou presque, sinon cette
impression fugace durant sa visite.

Il avait vu tous les employés de la sécurité
qui seraient aussi là le jour du meeting.
Bien sûr, comme tout Occidental qui
jurerait devant Dieu n'avoir aucun
sentiment raciste contre les gens du
Moyen-Orient, il avait particulièrement
scruté ceux qui étaient, justement,
d'origine maghrébine. Il les avait regardés
droit dans les yeux et n'avait ressenti
absolument rien de particulier. Sauf un,
qui avait détourné son regard. Mais il
n'était pas maghrébin, c'était un pur
Ontarien… qui avait une barbe très
longue! On lui dit que c'était un employé
modèle, qu'il était un chrétien pratiquant!

Ed demanda que son horaire soit changé
et ce fut fait rapidement. Il ne serait pas là
le jour du meeting, ce qui le rassura … un
peu!

****

Leur entrée ne fut pas discrète, c'est le moins que l'on puisse dire! Immédiatement les applaudissements fusèrent de partout. Tout le monde les connaissait et les admirait. Ils étaient pratiquement devenus l'emblème de ce référendum. Il y avait ce jeune homme à la carrure impressionnante qui avait été capable d'éviter un bain de sang à Montréal et puis … et puis il y avait aussi cette jeune femme magnifique au teint légèrement mat, aux yeux marron, imperceptiblement bridés! Allez savoir pourquoi tout le monde l'appelait Cléopâtre, tellement elle était belle, même si ce n'était pas son nom. Il semble que ce soit son compagnon qui la présentait de cette manière. Mais Alain Bourgeault, reporter de La Presse, avait déjà souvent rencontré de très belles femmes dans sa

180

vie, et c'est pourquoi il sut immédiatement que celle-ci était différente, car en plus de sa grande beauté, elle avait un regard empreint de gravité et de détermination.

«Une femme de caractère, pensa-t-il immédiatement»

La salle était bondée ici au centre des congrès d'Ottawa, à deux pas du parlement. Il y avait énormément de gens, des journalistes locaux mais aussi de l'étranger ainsi que beaucoup de partisans du «Oui» venus se faire chauffer par ce couple mythique que formait Edward et Olivia, dont les péripéties avaient été tellement commentées dans la presse et les médias sociaux.

-   Bonjour à tous, commença Edwards, en s'efforçant de cacher l'angoisse qui lui taraudait le ventre, car il ne pouvait pas faire autrement que de penser au

barbu, un certain Axel, qu'il avait vu
hier! Il avait beau savoir qu'il ne serait
pas là ce soir, quelque chose l'avait
remué quand il avait regardé dans les
yeux de cet homme et que celui-ci
avait détourné le regard, mais pas assez
vite pour qu'Ed n'y détecte comme
une lueur de folie!

\- Ce soir, reprit-il, ma compagne et moi
sommes ici pour vous parler de ce
merveilleux pays qu'est le Canada et
comment ce référendum pourrait le
rendre encore plus extraordinaire.
Comme vous le savez tous, je suis
d'origine américaine, et même si
j'aime toujours mon pays de naissance,
celui-ci traverse maintenant une crise
pratiquement existentielle qui le fait se
détourner, à tort ou à raison, des
affaires du monde. C'est pourquoi le
Canada ne doit plus compter sur lui. La
tentation isolationniste des USA est
trop forte et les dirigeants actuels, pour

le moins instables. Pourtant, le monde n'est pas, et de loin, un endroit tranquille et malgré tous nos souhaits, il est même dangereux. Malheureusement, dans de nombreux pays les gens votent plus avec leurs pieds qu'avec des bulletins de vote. Des millions de personnes fuient chaque jour leurs régions dans l'espoir d'avoir une vie meilleure ou tout simplement la vie sauve chez nous et dans les pays occidentaux en général. Et c'est pour cela que le Canada, qui est déjà un fantastique exemple dans le monde, se doit de voir plus loin et se préparer à intervenir davantage dans le monde. Il en va de la sécurité de tous ses citoyens! Mais personne ne demande au Canada d'agir seul ! Il y a, en outre, d'autres enjeux et ma compagne est encore mieux placée que moi pour vous en parler, finit-il en cédant le micro à Olivia.

- Mesdames messieurs, amis de partout, plutôt que de faire un discours pour vous convaincre, laissez-moi vous parler en premier … de moi! Il n'y a pas si longtemps, j'étais une fervente indépendantiste qui ne rêvait que d'un Québec indépendant, alors que mon frère lui ne rêvait que d'un Canada uni! Nous étions une vraie famille québécoise, acheva-t-elle, en faisant rire la foule. Pourtant je parle anglais, mais quelque part j'avais la conviction que mon peuple ne pourrait jamais survivre, surtout au Canada, sans contrôler ses frontières. Pourtant j'ai toujours eu des amis anglophones sincères. Ce n'était pas contre vous, mais plus pour nous. Et je pense toujours que dans les années 70/80 notre peuple étaient vraiment menacé et que seul comptait alors le respect du fait francophone. En effet, à Montréal il était plus facile de trouver un travail, à compétence égale si vous étiez unilingue anglophone que bilingue francophone. Mais comme disait un politicien célèbre, il y a deux façons de régler les questions ethnolinguistiques, la première est la façon Yougoslave et s'entretuer ou la façon canadienne et faire des lois linguistiques pour protéger les minorités. Maintenant…

Edward écoutait sa compagne d'un air distrait tout en surveillant la foule. Il ignorait pourquoi mais ses angoisses venaient d'augmenter subitement et l'avertissaient que quelque chose n'allait pas! Il regardait la foule et savait que plus de dix agents de sécurité étaient mêlés à celle-ci et qu'il avait été procédé à une fouille en règle avant d'entrer dans le centre des congrès. Il regardait les participants qui semblaient fascinés par le récit d'Olivia. Il y avait toute sorte de gens, tous citoyens de ce pays, venu de tous les horizons... des blancs, des noirs, des arabes, des sikhs, des autochtones et même des femmes voilées portant la Burqa.

-   Maintenant, continua Olivia, je voudrais vous convaincre qu'il faut pour notre pays plus qu'un simple arrangement linguistique et que tous, quelque soient nos origines, nous puissions avoir le sentiment que, non seulement nous pouvons nous épanouir dans ce pays, mais aussi nous sentir profondément liés à lui et à tous les autres justement grâce à cette proposition où TOUS les citoyens, quelque soient leurs origines ou langues, pourront se sentir …

Edward se sentait de plus en plus mal à l'aise quand soudain il réalisa qu'il y avait un nombre anormalement élevé de femmes en Burqa pratiquement toutes regroupées au centre de la salle et que celles-ci étaient beaucoup plus grandes que les femmes arabes habituelles, avec, en plus, une allure très très peu féminine! Elles semblaient plus grosses au niveau du torse et même si cela supposait de fortes poitrines, c'était quand même étrange. Ed cria dans le petit micro qui le reliait à la sécurité :

-   LES FEMMES EN BURQA.

Olivia entendit le cri d'Edward et hurla dans son micro.

-   TOUT LE MONDE À TERRE.

Tout à coup, les gens paniqués se jetèrent terre, laissant à découvert les 10 femmes en Burqa qui se débarrassèrent du haut de leurs vêtements pour prendre leurs UZI - un petit pistolet-mitrailleur israélien - attachés fermement sur leurs poitrines.

Les agents de sécurité furent plus rapides et ouvrirent le feu.

Ils furent tous, car c'était bien des «ils»,
tués sur le coup. Parmi eux, Axel,
l'homme qui avait mis Ed tellement mal à
l'aise la veille.

Plus tard on découvrit que c'était lui qui
pendant des jours et des jours avait
introduit pièce par pièce les armes et les
munitions dans l'enceinte de l'édifice. Les
fausses femmes avaient récupéré les
armes dans les toilettes des femmes une
fois passée la sécurité.

Tout à coup, le référendum prit une autre
allure et tous les Canadiens se sentirent
concernés. Pour beaucoup, il était
intolérable que l'on fasse des attentats au
Canada en général, mais plus encore pour
fausser leur droit démocratique à choisir
leur avenir.

Beaucoup défilèrent avec des pancartes
sur lesquelles étaient écrit: NOUS
N'AVONS PAS PEUR.

Il est difficile de dire si cet attentat fut
décisif pour la victoire du oui, mais … il y
contribua beaucoup!

Chapitre 26*: Hatchepsout

- Vous aimez? demanda le général.

- Il est magnifique! Blotti comme ça au creux des falaises, il est … il représente la magnificence de cette incroyable civilisation égyptienne. La vôtre, monsieur le président. Et vous me demandez si j'aime? Mais j'ai devant moi 1700 ans d'histoire en plus d'une beauté architecturale incroyable.

- Vous avez raison professeur! Ce temple est magnifique! Mais vous savez pourquoi je vous ai demandé de venir et vous ai amené précisément devant ce temple?

- Heu, pas vraiment, monsieur le Président! Et pour tous vous dire, votre invitation m'a laissé perplexe!

- Vous êtes bien l'envoyé de monsieur Tremblay à travers le monde pour

expliquer sa vision du futur pour le
Canada, non?

-   C'est exact.

-   Mais vous ne pensiez pas consulter les
    Arabes?

-   Pour dire vrai, Monsieur le Président,
    nous ne pensions pas que vous y
    verriez un quelconque intérêt.

-   Détrompez-vous monsieur Goyer, nous
    y voyons un grand intérêt. Surtout que
    Monsieur le premier Ministre
    Tremblay parle beaucoup de
    CIVILISATION et pas seulement de
    référendum. Pour lui c'est du futur plus
    que d'une décision politique, dont il
    parle. Et c'est pour cela que je vous ai
    convié ici devant ce temple parce
    qu'il représente deux choses très
    importantes, la première c'est que nous
    aussi nous parlons de civilisation, car
    nous sommes probablement la
    première voire la deuxième grande
    civilisation humaine - seuls les

Sumériens nous ont précédé- et aussi
parce qu'Hatchepsout était une femme!

- Je comprends! Il y a beaucoup de
  préjugés sur les Arabes.

- Oui. Malheureusement. Vous savez
  que 10 % de notre population est
  chrétienne?

- Oui! Malheureusement …

- Il y a les islamistes radicaux!

- Oui!

- C'est notre problème! C'est à nous
  Arabes de résoudre cela. Pour votre
  information, la très grande majorité des
  victimes des islamistes radicaux sont
  en fait des musulmans!

- Vous avez raison.

- Mais je vous ai fait venir en Égypte
  avec le support d'autres pays
  musulmans comme l'Algérie, le Maroc
  et la Tunisie, pour que vous passiez un
  message à votre premier ministre.

- Lequel Monsieur le Président?

- Tout d'abord que nous regrettons profondément la tentative d'attentat d'Ottawa et voulons assurer le Canada que nous le condamnons avec la plus grande fermeté!

- Je le ferai savoir au premier ministre!

- Mais dites-lui aussi que nous ne sommes pas contre son initiative, mais au contraire, entièrement pour. Bien sûr, nous comprenons que ce n'est pas notre tour maintenant mais comme la civilisation n'a rien à voir avec la race ou la religion, nous pensons que quand le temps sera mûr, nous aussi nous réclamerons la même chose que le Canada. Nous sommes un des piliers de la civilisation humaine et nous voulons nous associer aux autres humains pour bâtir le futur. Dites-le à tout l'Occident, que la lutte de civilisations entre les nations arabes et occidentales est une stupidité propagée par Daech pour susciter la haine! Le

genre humain, l' Homo Sapiens, est
unique et nous Arabes, comme vous
Occidentaux, en faisons tous partie et
donc, nous sommes destinés à vivre
ensemble…tôt ou tard!

Chapitre 27: Elle

- Professeur Goyer, bienvenue en Allemagne, lui dit la Chancelière.

- Merci, Madame la Chancelière, c'est un grand honneur pour moi d'être reçu par vous, pour expliquer notre initiative à un pays aussi important que le vôtre.

- Mais pourquoi une telle initiative?Le Canada est un peu un pays béni des dieux, non? Comprenez-moi bien, j'ai ma petite idée sur vos raisons, mais j'aimerais quand même vous entendre sur le sujet.

- Il y plusieurs raisons madame, mais pour nous Canadiens, la première est de voir que bien que le monde du 21e siècle aille mal et remette même en question les acquis de la démocratie, seule l'Europe a réussi ce que tout le monde a toujours cru impossible. Voir

des peuples qui pendant des siècles se
sont combattus, se tendre la main et
travailler ensemble! Nous, Canadiens,
savons que c'est possible parce que
pratiquement toutes les communautés
du monde sont représentées chez nous
et vivent en paix. De plus, nous
croyons aussi fondamentalement que
ce qui fait que tous, au Canada comme
en Europe vivent en paix, ce n'est pas
parce que le Canadien est meilleur
que les autres mais parce que de
solides institutions comme la Cour
suprême du Canada garantit
l'application de notre constitution,
laquelle inclut une charte des droits et
libertés, qui nous protège … de
l'homme! Et c'est aussi ce que l'EU a
réussi à bâtir!

- Je suis d'accord et c'est effectivement
  fondamental, mais y a-t-il autre chose?

- Oui, le Canada se rend compte que la
  signature d'accords de libre-échange
  peut conférer un faux sentiment de
  sécurité mais, comme nous l'avons

expérimenté avec nos voisins, de tels accords peuvent être résiliés. Le problème en outre avec ces traités, est qu'ils sont exclusivement commerciaux or nous voulons, dans ce monde tellement troublé, aller plus loin et voir le droit des peuples progresser. Pour réaliser cet objectif il faut donc davantage que des accords de libre-échange et devenir plus puissant que nous ne le sommes. D'où cette initiative… qui aura besoin de votre soutien!

- N'ayez crainte, l'Allemagne, tout comme la France, et je pense, la majorité des pays de l'Union, vous soutiendra dans votre initiative. Nos intérêts sont vraiment semblables. Mais je me suis fait dire que vous aviez aussi consulté des pays non européens, non? Et qu'en pensent-ils?

- En fait c'est probablement la plus grande surprise que nous ayons eue depuis que le premier ministre Tremblay m'a envoyé faire ces consultations. Beaucoup de pays voient notre initiative d'un très bon œil et chose encore plus étonnante, ils pensent que tôt ou tard, elle les concernera de très près. On peut le comprendre de la part de pays comme l'Australie et la Nouvelle-Zélande, mais c'est déjà plus surprenant pour l'Argentine, le Chili et le Brésil. Il y a même encore plus étonnant! Les pays arabes, Égypte en tête, nous disent qu'eux aussi seront concernés, mais sans doute un peu plus tard!

- Je comprends maintenant, répondit la Chancelière, encore plus pourquoi votre premier ministre parle tout le temps de civilisation plutôt que de simple initiative. Il a raison et assurez-lui que je serai à ses côtés pour l'appuyer lui et le Canada, quand le moment viendra.

- Madame la Chancelière, au nom du Canada, soyez remerciée pour votre soutien ainsi que de celui de l'Allemagne dans cette aventure qui va

façonner, j'en suis sûr, notre futur à
tous.

- C'est vrai, professeur, mais cette
initiative canadienne ouvre même des
perspectives encore plus intéressantes
que vous ne le pensez!

- Vraiment?

- Voyez-vous, j'en ai discuté avec votre
premier ministre hier soir et obtenu son
soutien... qui devrait d'ailleurs vous
être confirmé par votre ambassade
aujourd'hui même.

- Bien, mais de quoi s'agit-il?

- D'une autre consultation internationale
et celle-là, croyez-moi, risque de faire
du bruit!

Chapitre 28: Et si on parlait de paix?

- Bienvenu en Israël, professeur.

- Merci, monsieur le premier ministre!

- J'avoue, cependant, avoir été un peu surpris quand nous avons reçu l'appel de votre ambassade proposant cette rencontre.

- Vous êtes au courant de la grande initiative du Canada, j'espère.

- Absolument! Et nous, ici en Israël, l'approuvons pleinement! Tout ce qui renforce la Paix dans le monde aura toujours notre soutien et le Canada est un pays non seulement ami d'Israël, mais aussi un grand pays de paix! Par contre je ne vois pas vraiment quel rôle notre pays a ou aurait à jouer dans cette initiative!

- Aucun dans un premier temps, mais énormément dans un second temps!

- Expliquez-vous!

- Supposons que notre initiative soit couronnée de succès... alors le Canada, avec l'actif support de l'Allemagne et de toute l'Union européenne, serait prêt à vous proposer la même démarche!

Le premier ministre israélien resta sans voix quelques minutes. Son visage fut envahi par des émotions extrêmement fortes qu'il eut beaucoup de difficulté à maîtriser. Puis, reprenant son contrôle, il parla d'une voix encore empreinte d'émotion.

- Vous rendez-vous compte de ce que vous nous proposez? Nous, juifs, sommes les damnés de la terre! Jamais cela ne marchera!

- Vous étiez les damnés de la terre! Maintenant ce sont les Palestiniens qui le sont!

- Et pour eux? Votre proposition ne
  règle pas leur problème!

- On leur fera la même proposition qu'à
  vous!

- Quelles sont les conditions?

- Plus de colonies sauvages, respect des
  frontières, un état pour les
  Palestiniens!

- Et … et vous croyez qu'en plus des
  Canadiens, les Européens seraient
  prêts à soutenir ça???

- Certainement, c'est même la
  chancelière allemande qui a nous en a
  parlé.

- C'est … c'est intéressant … mais …
  mais mesurez-vous bien les difficultés?

- Si la France et l'Allemagne ont réussi,
  après des siècles de guerre, à se
  réconcilier alors pourquoi pas les
  Israéliens et les Palestiniens?

-   Et les Palestiniens? Ils ne nous feront
    jamais confiance!

-   Je vais les voir immédiatement après
    vous, si vous soutenez cette initiative.

-   Soutenir votre initiative? Vous rigolez?
    Vous venez simplement de nous offrir
    une paix magnifique et définitive!

****
****

Le président de l'autorité palestinienne eut
encore plus de difficultés que le premier
ministre israélien à reprendre le contrôle
de ses émotions.

-   Où est le piège, finit-il par demander,
    je suis au courant de la grande
    initiative canadienne, mais je ne me
    sentais pas concerné … du moins
    jusqu'ici!

-   Il n'y a aucun piège!

-	Mais les Israéliens n'accepteront jamais!

-	Détrompez-vous!

-	Et ils accepteraient même un état palestinien?

-   Oui!

-   Et ils arrêteraient de coloniser la
    Cisjordanie?

-   Dans le cadre de cette initiative, ça
    n'aurait pratiquement plus
    d'importance.

-   Et le mur? Ils le démoliraient?

-   Pas tout de suite, évidement, mais au
    fur et à mesure que la confiance
    s'établirait, nous pensons que oui.

-   Alors professeur Goyer, faites vite
    avec votre présente initiative, car je
    vous garantis qu'il n'y a pas un
    politicien vivant en Palestine qui ne
    soutiendrait cette proposition, même le
    Hamas, car ce que vous nous amenez
    c'est quelque chose qui est tellement
    absent chez nous depuis si longtemps.

-   Et c'est quoi?

-   L'espoir!

TROISIÈME PARTIE

UNIE DANS LA DIVERSITÉ

LA DEVISE DE L'UNION
EUROPÉENNE

207

Chapitre 29: Et si on faisait l'histoire?

L'Airbus 310, avion officiel du gouvernement du Canada, était fin prêt à embarquer le premier ministre du Canada ainsi que les 13 premiers ministres des Provinces, des trois territoires du pays et deux représentants des Premières Nations dans ce qui s'annonçait être un vol historique. Pour le Canada bien sûr, mais aussi pour de nombreux autres pays dans le monde.

Oui, aujourd'hui s'amorçait un processus unique qui allait marquer la politique au 21e siècle et engendrerait des changements dans le monde bien après celui-ci.

Un autre appareil, un Airbus 330 d'Air Canada, était aussi présent sur le tarmac de l'aéroport Macdonald Cartier d'Ottawa. A son bord, la multitude de journalistes et leurs équipes accompagnaient leurs premiers ministres

dans ce vol particulièrement important
pour tous les Canadiens.

Évidemment il fallait tenir compte du
décalage horaire avec l'heure destination
soit près de 6 heures, ainsi que de la durée
du vol, environ 6:30h.

C'est pourquoi les deux avions partirent à
23:00 h d'Ottawa.

Une escadrille de F-18 des forces
aériennes du Canada escorta ceux-ci
jusqu'au-dessus de l'Atlantique, puis
quelques heures plus tard, une autre
escadrille les rejoignit à l'approche de
l'Angleterre. Cette fois, il s'agissait
d'appareils en provenance de toutes les
forces aériennes de l'Union européenne et
ceux-ci les escortèrent jusqu'à leur
destination finale, l'aéroport de Zaventem,
en Belgique.

Il était finalement 11:45h, heure locale,
quand l'avion du premier ministre
s'immobilisa sur le tarmac dans un endroit
réservé de l'aéroport.

Rapidement, Justin Tremblay, premier ministre du Canada et sa femme, suivis par tous les autres dignitaires des Provinces, Territoire et Premières Nations ainsi que leurs épouses descendirent de l'avion pour rejoindre Sa Majesté le roi Philippe de Belgique, le premier ministre belge et le président de la Commission européenne, pour une revue des troupes, toutes parfaitement alignées devant l'avion canadien, signe évident de l'importance de l'événement.

A l'issue de celle-ci, tous prirent place dans une nuée de véhicules officiels qui partirent, escortés par les motards de la police belge, vers les bâtiments du Parlement européen à Bruxelles.

Il était 15:30h quand la délégation canadienne prit place sur le podium spécialement aménagé pour l'événement dans le célèbre hémicycle où siégeaient près de 751 députés européens. Mais il y avait encore plus de monde en ce jour spécial, car tous les présidents, chanceliers, premiers ministres et autres

responsables politiques de tous les pays de
l'Union étaient là, au premier rang.

Justin Tremblay eut tout à coup chaud, en
s'avançant vers le micro. Derrière lui, les
15 hauts responsables des provinces,
territoires et premières Nations du
Canada, avec en arrière-plan tous leurs
drapeaux, représentaient quand même
environ 35 millions de personnes!

Et en face d'eux, une foule compacte de
députés et de responsables politiques, qui
représentaient … 511 millions de
citoyens européens!

Il y avait vraiment de quoi avoir chaud!!!

Mais, même si l'instant était solennel,
l'ambiance était à la joie car le Canada
était plus que le bienvenu! Alors Justin
sortit de sa poche le discours sur lequel il
avait tellement travaillé, le discours de sa
vie!

«Président, Chanceliers, Premiers
ministres et Députés européens,
Mesdames, Messieurs, je commencerai

mon allocation par l'interjection Eureka,
qui depuis le début, a été la substance
même de toute cette fantastique initiative
que nous, Canadiens, avons lancée vers
vous les Européens. En fait EURÊKA
s'écrit ainsi par facilité de langage car en
réalité, son orthographe correcte eut plutôt
été Eureca, c'est-à-dire EURope Et
CAnada, et c'est donc un honneur pour
moi de finaliser cette interjection cet
après-midi en représentant mon pays, le
Canada, dans cette demande officielle
d'adhésion à l'Union européenne! Oui,
Mesdames et Messieurs, je suis ici pour
que mon pays devienne membre de cette
communauté extraordinaire qu'est l'Union
européenne! Mais ne vous y trompez pas,
je ne suis pas ici pour améliorer notre
commerce avec vous, car notre accord de
libre-échange, qui est devenu un modèle
grâce au Parlement wallon, y a déjà veillé.
Je ne suis pas ici non plus parce que notre
pays est en difficulté et recherche une

alliance militaire internationale. Non, l'OTAN fait bien son travail. Je ne suis pas ici non plus parce que notre pays va mal! Non, en fait mon pays est un pays très riche avec un territoire gigantesque, des ressources naturelles abondantes et une industrie manufacturière très performante».

«Non, je suis ici parce que nous sommes vos enfants, oui vos enfants, car nos deux peuples fondateurs, les Français et les Britanniques, viennent d'ici et ont fondé, avec les Premières nations, ce pays fabuleux qui est le mien. Et si vous nous visitez, vous verrez partout dans nos villes des petites Italie, des quartiers Portugais, des serres à fleurs dirigées par des Hollandais, des business man allemands à Toronto, des Belges et des Français travaillant côte à côte avec nos gens à Montréal et ailleurs au Canada. Tous les peuples européens se côtoient déjà dans la plus grande quiétude chez nous et cela,

sans compter toutes ces autres
communautés, d'origine asiatique,
africaine et maghrébine.

Tous en paix chez nous, comme aussi
chez vous.»

«Bien sûr, certains pourraient dire, mais
pourquoi ne se tourne-t-il pas vers les
États-Unis plus proches? Hélas, nos amis
américains choisissent, et c'est leur droit,
de plus en plus de valeurs qui ne sont pas
les nôtres au Canada et dans lesquelles
nous ne nous reconnaissons pas.»

«Non, pour nous, la raison de ma présence
ici cet après-midi, est plus une question de
civilisation, une question de valeurs
communes que nous devons défendre et
faire prospérer dans le monde, car hélas,
celui-ci n'est pas exactement ce que nous
souhaiterions qu'il soit, la guerre y fait des
ravages et le terrorisme y est à son
paroxysme. »

«C'est pourquoi les pays démocratiques
doivent montrer la voie de la raison dans
cet univers troublé. Malheureusement,
pour être entendu, il faut être crédible
autant militairement que politiquement et
c'est pour cela que nous pensons dans
notre pays que la fondation de l'Union
européenne fut la plus grande innovation
politique positive du 20e siècle et qu'il est
malheureux que beaucoup de monde n'y
croie plus, y compris des Européens, ou
ne mesure plus son fantastique succès.
Pensez-y, alors que des générations
d'Européens se sont entretuées sur les
champs de bataille pendant des siècles ...
maintenant au lieu d'envoyer vos enfants
au carnage, vous les envoyez ... à
l'université!»

«Ensemble, nous serons plus fort et plus à
même de défendre nos valeurs et nos
styles de vie face au terrorisme, à
l'obscurantisme, aux menaces militaires
ou économiques, car seule la mise en

commun de nos moyens pourra nous en
préserver, soyez-en sûrs. Ceux-ci devront
être considérables sinon nous serons, au
mieux relégués à un rôle mineur dans le
monde de demain, au pire menacés dans
nos propres pays»

«Mais nous, Canadiens, parce que nous
vous connaissons bien et vous aimons
beaucoup, nous sommes aussi très inquiets
de voir à quel point cette grande initiative
appelée Union européenne dérive et est la
proie de plus en plus aux démons du
passé. Nous voyons lentement mais
sûrement une résurgence du nationalisme
qui mena aux guerres terribles du passé!
C'est le retour de la méfiance et de la
haine de l'autre, de l'intolérance comme
acte de foi envers son pays. Il fut un
temps, pas si lointain, ou l'autre, c'était le
juif, l'homosexuel, le tzigane ou celui qui
n'avait pas la bonne couleur de peau.»

«Ne vous y trompez pas, les mêmes
causes donnent toujours les mêmes effets!
N'oubliez pas qu'Hitler est arrivé au
pouvoir démocratiquement!»

«Un de mes amis, originaire du pays, où
nous sommes actuellement, me racontait
la chose suivante: «Mon grand-père, à
l'âge de 20 ans, combattait les Allemands
dans les tranchées de l'Yser, mon père à
20 ans était prisonnier dans la citadelle de
Huy où des otages étaient exécutés tous
les jours et moi, à 20 ans, j'étais ... à
l'université»!

Quelle différence!

L'Europe après des millions de morts avait
finalement choisi la paix et le progrès.
Malheureusement, la mémoire est une
faculté qui oublie et c'est pourquoi on voit
tous ces groupes racistes émerger en
Europe maintenant, comme si les 40

millions de morts de la Seconde Guerre mondiale n'avaient pas suffi!»

«Nous sommes ici aussi, bien sûr, pour honorer les principes tellement importants, fondateurs de l'UE, c.-à-d. les quatre libertés garanties par le marché unique, à savoir:

- la libre circulation des biens,

- la libre circulation des capitaux,

- la libre circulation des services,

- la libre circulation des personnes.

«Oui, ces facteurs sont synonymes de civilisation, mais ils ne semblent plus suffire à à ceux qui ont oublié ou font semblant d'oublier les terribles erreurs du passé. Oui l'UE est à la croisée des chemins et doit évoluer, c'est trop important pour les Européens et le reste du monde que ce grand accomplissement, fait par nos pères, ne se perde par la stupidité ou l'indifférence actuelle.»

«Mais nous ne sommes pas ici pour vous faire la leçon, mais plus pour vous proposer des solutions pour que l'avenir soit radieux pour nos communautés.»

«En premier lieu, nous croyons qu'il faut absolument montrer à quel point l'UE est vraiment une institution démocratique et faire en sorte que tous les citoyens en comprennent parfaitement le fonctionnement, en mettant en place des structures claires, simples et efficaces. Si une personne vous dit: «Mais que fait exactement la commission», c'est que vous avez raté cet objectif. »

«Peu importe que les institutions de l'UE soient réellement démocratiques ou pas... si la perception est qu'elles ne le sont pas, il y a un problème qui se doit d'être réglé.»

«C'est pour cela que le Canada vous propose les mesures correctrices suivantes, basées sur trois grands axes:

La structure de l'UE.

Les gens, sa population

Les finances de l'UE

En ce qui concerne les **structures** de l'UE, le Canada propose que le ou la président(e) de l'Union soit élue par les citoyens directement et non par la commission;

Que la Commission européenne soit rebaptisée Gouvernement de l'union et que tous ses membres soient des élus du parlement. Les Commissaires devraient être des ministres et travailler à Bruxelles. (Il existe de nombreuses commissions dans le monde, certaines sont grandes, d'autres très petites aussi le fait de nommer le gouvernement de l'UE

«commission» augmente la confusion
générale sur les opérations de l'UE).»

«Le Conseil de l'Union européenne
devrait siéger à Strasbourg et tous ses
membres seraient issus des États membres
où ils auraient été élus dans leur propre
parlement. Leur rôle serait vraiment de
représenter leurs États membres et être
une sorte de sénat de l'Europe.

Les lois ou règlements de l'UE devraient
être conjointement approuvés par le
Gouvernement de l'UE et le Conseil, qui
devrait également pouvoir proposer des
règles au Parlement de l'UE. Les deux
acceptations serraient nécessaires pour
devenir une loi européenne.»

«Évoquons les **gens** à présent sujet
éminemment important pour nous
Canadiens et certainement pour vous aussi
citoyens de l'Union. Loin de moi l'idée
que l'Union ne se préoccupe pas de ses

citoyens, mais, à tort ou à raison, Bruxelles est perçue comme une énorme bureaucratie relativement loin du citoyen ordinaire et cela est certainement responsable d'une bonne partie du malaise actuel vis-à-vis de l'Union. Pour remédier à cela, le Canada propose des solutions dont certaines sont révolutionnaires et vont avoir un impact réel sur la vie de chacun d'entre nous, quelle que soit sa richesse, son état membre ou son lieu de résidence. Je parle ici, en premier lieu, d'une *Allocation universelle garantie* pour tous! Chaque citoyen de la zone euro, à l'âge de 18 ans, se verrait accorder une allocation de 1000 euros par mois indépendamment de son statut social ou de ses revenus, allocation qui serait non imposable par qui que ce soit, y compris les États membres. Celle-ci serait financée directement par la banque centrale de l'UE (au lieu d'envoyer des milliards aux banques qui accordent des prêts aux personnes intéressées). D'aucuns pourraient se sentir mal à l'aise s'agissant d'argent qu'ils n'auraient pas gagné. En réalité, cet argent leur revient directement car il est le produit de la société construite pas leur parents et grands-parents durant des siècles et qui constitue leur *héritage!* De plus cette allocation devrait enfin permettre d'éradiquer la grande pauvreté, ce fléau de nos sociétés modernes et rééquilibrer la distribution des richesses produites par le travail acharné dont vous faites tous preuve. Non la société n'est pas seulement faite pour une certaine catégorie de personnes, tous devraient – doivent – avoir accès à ses bienfaits tout comme chacun, riche ou pauvre, a droit à des soins de santé adéquats. Certains ne feront rien bien sûr et on pourrait voir dans cette allocation une incitation à ne pas travailler, mais de toute façon, une bonne partie de ses gens ne font rien, quel que soit le système.»

«Pensez-y, avec ce type d'approche, une mère célibataire avec un enfant pourrait décider de se consacrer à celui-ci plutôt que de travailler comme serveuse le soir dans un restaurant pour arrondir ses fins de mois difficiles et croyez-moi…la société s'en portera certainement mieux! Et si un jeune, qui n'a pas les moyens, mais veut étudier à l'université plutôt que de travailler comme manœuvre sur un chantier, pouvait aller de l'avant avec son rêve? Qui sait, il deviendrait peut-être Docteur, prix Nobel de la paix ou Physicien nucléaire??? »

«Et qu'en est-il des villes, où vivent maintenant la majorité des citoyens de l'union? Nous croyons, nous Canadiens, que le gouvernement de l'EU devrait s'en préoccuper, sans nécessairement supplanter les gouvernements locaux mais avec ceux-ci, en finançant un tiers des coûts de développement de leur infrastructure (transport, route, métro, pont, etc.). Le financement proviendrait d'un tiers de la ville, d'un tiers des États membres et d'un tiers de l'UE». Et pourquoi pas le transport gratuit dans ces villes?

« Et les études de nos jeunes? L'avenir de l'EU! Pourquoi ne pas avoir une implication de l'UE dans le financement universitaire pour garantir l'accès de tous les citoyens à l'éducation? Et, bien sûr, la participation à la recherche et au développement.»

«Mais il y a aussi ce que nous Canadiens appelons le «vivre ensemble». Pourquoi ne pas promulguer une charte des droits et libertés comportant des restrictions claires comme l'interdiction de cacher son visage en public ou de promouvoir publiquement des principes en contradiction avec les valeurs de l'UE comme l'égalité des sexes, le droit d'être homosexuel ou transgenre. Toutes les

attaques contre ces valeurs seraient vues
comme propagande haineuse et seraient
sanctionnées par une expulsion immédiate
de l'UE pour les étrangers ou la prison
pour ses citoyens.»

«Et pour garantir ces objectifs pourquoi ne
pas créer une armée de l'UE composée des
armées de ses états membres. Beaucoup
de gros investissements devraient être
réalisés par l'UE, comme les porte-avions
ou les sous-marins. Il n'existerait pas de
compétition entre l'UE avec les états
membres car les états membres
fourniraient les troupes, l'UE étant plutôt
un organisme de coordination/ intégration,
un peu comme l'OTAN.»

«Mais plus que cela, un espace politique
aussi important que l'UE nécessiterait
aussi d'autres organisations en commun
comme une organisation policière
centrale, genre FBI américain, et même,
pourquoi pas, un organisme centralisé de

renseignements comme la CIA et/ou la NSA?»

«De même, de nouveaux pays pourraient être acceptés en tant que membre de l'UE, à condition:

- Qu'ils acceptent les valeurs de l'UE;

- Qu'ils soient à un niveau de développement similaire à celui de l'UE;

- Qu'un double référendum soit organisé. Un dans le pays demandeur, et l'autre dans toute l'Union, avec obligation d'avoir 50% plus 1 voix dans chaque cas.»

«Ce qui amène aussi une autre question vitale concernant les valeurs de l'UE, l'une des plus sérieuses étant que l'UE cherche à unir les gens et non pas à les diviser, divisions qui ont causé tant et tant de souffrances en Europe. Rappelez-vous toutes ses guerres interminables et les malheurs qu'elles ont imposés aux peuples d'Europe.

Malheureusement, les peuples aussi oublient et les vieux démons sont là aux aguets. Déjà certains se disent qu'ils sont différents des autres. D'autres pensent qu'ils pourraient profiter de l'UE pour se passer de leurs états nations. Ce n'est pas comprendre l'idéal de l'Union qui veut rassembler et non pas diviser les peuples. Il est donc important que l'Union envoie un message clair et dise haut et fort que si une région veut se séparer de son état nation, alors cette région deviendra un état non membre de l'UE car elle trahirait l'esprit même de l'idéal de l'UE.

Cette nouvelle nation ne pourra pas non plus utiliser la monnaie commune, soit l'Euro et devra renégocier son acceptation dans l'UE comme n'importe quelle autre nation et être soumise au double référendum.»

«Un autre point de grande importance aussi est que certains pays ont un Roi ou une Reine. Généralement ils sont appréciés par leurs peuples, alors pourquoi ne pas les intégrer dans un Conseil constitutionnel de l'UE avec le pouvoir d'invalider toutes les lois de l'UE qui pourraient entrer en conflit avec la Constitution de l'UE, y compris les lois nationales. Les pays dépourvus de Roi pourraient nommer des représentants qui ne sont pas ou plus engagés dans la politique active, comme d'anciens présidents»

«Et pour les **finances** de l'UE, le Canada propose les approches suivantes:

- La monnaie de l'UE devrait être l'euro pour tous les États membres de l'UE et être dirigée par la banque centrale de l'UE.
- L'allocation universelle garantie devrait être gérée directement par la banque centrale de l'UE;

- Si une banque privée en danger de faire faillite nécessite l'aide financière de la banque centrale, elle devrait être nationalisée.
- Toutes les transactions sur le marché boursier devraient être imposées – à négocier avec l'OMC- et une taxe devrait être ajoutée à toutes les importations en provenance de pays qui n'acceptent pas cette taxe.
- Le taux d'imposition des entreprises devrait être harmonisé dans l'ensemble de l'UE pour éviter une concurrence déloyale entre les États membres de l'UE;
- Leur impôt devrait être basé sur le volume d'affaires et sur le bénéfice global dans un État membre donné pour contourner les manipulations d'évitement fiscal.»

«Mesdames, Messieurs, Président, Chancelier, Premier ministre et Député européens, je terminerai mon allocution par une vue bien plus générale que ce que

je vous ai exposé jusqu'à maintenant.
Cette vision en fait, ne nous était pas
apparue au début de ce qui allait devenir
le projet EURÊKA, mais nous fut révélée
rapidement par la réaction de nombreux
pays non européens comme l'Argentine,
l'Australie, la Nouvelle-Zélande et même
d'une façon surprenante, l'Égypte.

Mais qu'avaient donc vu ses pays, qui
souvent parlaient aussi pour d'autres, que
nous n'avions pas immédiatement
appréhendé?

Une chose finalement simple, mais aux
conséquences immenses!

Quand l'UE fût fondée, la plupart des
pays non européens y virent certes une
bonne chose, mais surtout des Européens
qui parlent à d'autres Européens de sujets
intéressants les Européens. Bref ils ne se
sentaient que très moyennement
concernés. Mais notre demande a modifié
leur approche! Ils se dirent que si le
Canada, un pays qui n'est pas sur le

continent européen, est accepté, alors pourquoi pas eux aussi? Car eux aussi ont des ancêtres européens! En fait, ils y virent même quelque chose d'encore plus grand! Un véritable changement de paradigme politique sur cette planète appelée Terre.»

«Mesdames et messieurs, ne vous y trompez pas, ce dont on parle aujourd'hui ce n'est pas simplement d'une Europe des 28 qui pourrait devenir l'Europe des 29, ce dont on parle maintenant, et c'est ce qui nous anime depuis le début, c'est de *civilisation*, celle du 21e siècle, avec une Europe regroupant autour d'elle les pays qui se reconnaissent en elle et surtout, dans ses valeurs.

Alors, l'UE pourra vraiment s'appeler l'Empire bienveillant!

Je vous remercie pour votre attention »

****

Ovation debout!

****

« Voilà! Les jeux sont faits, se dit le premier ministre. C'est la fin du projet Eureka, du moins de notre côté! Maintenant, la balle est dans leur camp. À eux de jouer. »

FIN

NOTE

Certaines personnes pourraient avoir une objection concernant la rentrée du Canada dans l'UE car le traité européen s'y oppose :

*The Treaty on the European Union states that **any European country** may apply for membership if it respects the democratic values of the EU and is committed to promoting them.*

Mais de toute façon, les demandes du Canada (dans ce roman) impliqueraient automatiquement une renégociation du traité.

Ici je présente deux solutions possibles :

1. Tous pays ayant une population majoritairement d'origine européenne seraient automatiquement inclus dans la définition, ce qui qualifie donc le Canada, l'Australie, La Nouvelle-

Zélande et même, oh ironie suprême, les États-Unis.

2. Ou simplement dire que tout pays démocratique de mêmes statuts socio-économiques que l'Europe et partageant ses valeurs, pourrait être considéré!

REMERCIEMENT

À ma mère, mon beau-père et ma femme
pour leur lecture critique du roman

À mon amie Patricia Vanraes, pour son
fantastique travail de correction;

Et à son mari Pieter De Smet, pour ses
avis sur le traité de fondation de l'Union
européenne